쓸＿＿만한＿＿일

쓸___만한___일

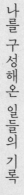

나를 구성해온 일들의 기록

줌마네 엮음

지식의편집

이 책에 대해

이 책은 우리가 하는 일, 여자와 일에 관한 질문들과 대답들을 어떻게 풀어볼 수 있을까 하는 고민 속에서 시작되었다. '줌마네'는 약 3년 전부터 '나를 구성해온 일들의 기록'이란 이름으로 대안 이력서 쓰기, 사회적 스펙이 아닌 경험과 개인의 서사에 중점을 둔 연대기 쓰기, 자신의 스토리텔링, 자기 서사 만들기 등의 캠프와 워크숍을 진행하였다. 다양한 일 경험을 가진 다양한 연령대의 사람들이 함께 모여 작업해왔다. 이 책은 그 과정에서 자연스레 모인 질문들과 답변들을 기록한 책이다.

여기 모여 있는 스무 명의 일 기록들은 가공되지 않은 진짜 이야기이고, 나의 이야기이며, 나의 친구, 가족, 이웃들의 이야기이다. 그리고 그 삶의 이야기들이 나의 이야기와 씨줄과 날줄로 엮이면서 공감과 자극을 주어 나의 서사를 발견하고 자신의 스토리텔링을 만들어 가는 가이드북이기도 하다.

당신 안에 숨어 있던 이야기를 꺼내는 질문,

당신 안에 잠들어 있던 가능성을 깨우는 질문.

여기 있는 8개의 질문과 대답은 당신의 이야기를 만드는 작업 도구이다.

이 책에는 영화감독, 여성학자, 시민단체 활동가, 배우, 사회적 기업 대표, 동화 작가, 주부, 백수, 문화기획자 등 총 스무 명의 사람들이 참여해 기록한 연대기가 실려 있다.

질문 부분은 당신을 위한 자리이다. 당신의 이야기를 기록하고, 당신의 연대기를 적어라. 긴 이야기를 할 수도 있고 짧은 메모를 할 수도 있다. 실패와 좌절, 삽질과 소모의 시간 속에서 가라앉아 있던 중요한 씨앗들이 발견되고 새로운 문을 열어줄 것이다.

2020년 12월

차례

이력서를 쓰는 밤

오보

이력서를 쓰다 보면 어느새 밤이 된다. 이름까지는 딱 적기 좋다. 다음은 생년월일과 나이. 벌써 서른이다. 자격증은? 없다. 경력에 해당하는 건 딱 하나, 나머지는 다 경험들뿐이다. 한 칸 한 칸 다음 항목을 읽어본다. 가치, 포부, 미래, 계획, 좌우명, 자유롭게 서술…. 이런 단어들이 보이기 시작하면 한참을 아무것도 적지 못한다. 세상이 나를 보는 눈과 마주하는 시간. 이력서 앞에서 난 내가 자신이 없다.

대학교를 졸업하자마자 취업은 생각하지도 않고 영화를 찍기 시작했다. 첫 영화는 다큐멘터리였는데 중간에 주인공의 입대로 엎어졌다. 다음엔 영화제작 모임에 들어가 영화를 만들었다. 조명, 촬영, 연출, 소품, 편집 등 영화에 도움이 되는 일이라면 뭐든 했다. 그러다 3년 전부터 이력서를 쓰기 시작했다. 이대로는 어중이떠중이가 될 것 같아서다.

그날도 이력서를 쓰고 있었다. 채워지지 않는 빈칸을 보며 씨름하고 있을 때 전화벨이 울렸다. 영화 스크립트 아르바이트를 하면서 알게 된 '줌마네'에서 여자들이 모여 이야기하는 캠프가 있다고 했다. 나는 고민도 않고 가겠다고 했다. 그게 뭐든, 혼자서 끙끙 앓는 이 시간을 벗어나야 했기 때문이다.

버스에 올라 낯선 이들과 어색한 인사를 주고받았다. 하나둘 빈자리가 채워지고 두어 시간이 지나 버스는 한적한 마을에 도착했다.

부랴부랴 한옥 숙소에 짐을 두고 부엌으로 가서 함께 점심 식사를 준비했다. 요리하며 서로 얼굴을 익히는 자리 같았다. 모르는 얼굴들 틈에서 내가 과연 하룻밤을 잘 보낼 수 있을지 걱정이 됐다. 그럼에도 나는 태연하게 당근전을 부쳤다. 손목 스냅을 이용해 한 번에 전을 뒤집어 칭찬까지 들을 정도로 열심히 했다. 이 더위에, 옷에 당근 기름까지 묻혀가며 식사를 준비하다니! 나는 왜 여기에서 이렇게 열심인가. 무엇을 위해서. 그리고 저 사람들은 왜 다들 즐거워 보이는 거지?

식사 후 캠프에 온 스무 명의 여자들이 작은 강당에 둘러앉았다. 나는 약간 긴장한 채 나눠준 팸플릿을 읽었다. 제목은 '줌마네 캠프: 인간적으로 돈 버는 힘 기르기-나를 구성해온 일들의 기록.' 곧 진행자 오솔의 목소리가 마이크를 통해 들려왔다.

"이력서나 자기소개서에 사용하는 프로필 중에서 제일 센 거 하나씩만 돌아가면서 얘기해볼까요? 내가 가지고 있는 무기 중 가장 강력한 거로 하나씩만."

운전면허는 없지만 7년간 공부해서 얻은 박사 학위가 있다는 현경, 사회복지사 2급 자격증이 있다는 꽃바람, '증'은 없지만 IT 디자이너인 케이, 해외에서 레스토랑을 했던 나윤, 본인이 연출한 작품명을 말하는 영화감독 가람까지…. 그리고 드디어 내 차례가 왔다. 뭐라도 말해야만 했다.

"저는 제가 참여한 다큐멘터리가 영화제에서 상을 받았거든요."

내가 연출한 것도 아니고, 스태프로 참여한 딱 하나의 영화가 나의 가장 강력한 무기라니.

"좀 전엔 가장 강력한 프로필을 이야기했는데, 그런 '사회적 경력'들만이 우리를 구성해온 일들이었을까요? 이 캠프는 이런 질문에서 시작됐어요. 이제부턴 세상이 알아줄 것 같진 않지만, 나에게는 소중한, 혹은 자꾸 떠오르는 일터에서의 한 장면을 나눠봤으면 좋겠어요."

다시 마이크는 참가자들에게로 넘겨졌고 꽃바람이 이야기를 시작했다.

"제가 둘째를 낳고는 마음이 좀 급했어요. 돈벌이 같은 것에 대해서요. 남편이 회사 생활 잘하고 있었는데도 조바심이 나서 새벽에 우유배달을 1년 정도 한 적이 있어요. 그날은 추운 겨울이었어요. 두 살 된 애를 자전거 뒤에 앉히고 근처 빌라들로 수금을 하러 갔어요. 초인종을 누르고 사람이 나올 때까지 기다리다가 갑자기 애 생각이 나서 괜찮나 돌아봤는데, 뒤에서 어린 아이가 오들오들 떨고 있는 거예요." 꽃바람은 요즘도 가끔 그때의 순간이 떠오른다고 했다.

배우 겨울의 말이 이어졌다. "몇 년 전 상업영화 주인 공 역의 스탠딩 배우를 했는데요. 선배님이 오시기 전에 제가 먼저 동선을 체크하는 일이었어요. 촬영이 들어가 고 북적북적하면 저는 세트장에 세워진 큰 가벽 뒤에 빠져 있거든요. 거기 바닥에 앉아 있으면 어두운 공간 으로 빛이 새어 들어와요. 그 시간이 제일 평온했던 것 같아요."

나를 드러내지 않아도 되는 세트 뒤의 순간들. 겨울 의 이야기를 듣다 보니 나도 한 장면이 떠올랐다. 바쁘게 돌아가는 영화 촬영 현장에서 혼자 멀리 떨어져 소품을 정리하고 있었다. 목장갑을 낀 채 근처 화단에 걸터앉아 촬영 현장을 바라보며 왠지 모를 불안을 진정시키곤 했 다. 이야기를 들을수록 잊고 있던 순간들이 떠올라 마 음이 복잡해졌다.

우리는 다시 이전보다 더 가까이, 큰 방에 둥그렇게 모여 앉았다. 진행자 오솔이 말문을 열었다. "임금 노동 으로 환원되지 않는, 증명서로 발급받을 수 없는 영역에 있는 경험들은 '일'이 아닌 걸까요? 지금부턴 사회가 만든 기준을 떠나 나에게 의미 있다고 생각되는 일들, 그 시간과 경험들을 불러낼 거예요."

작은 도시락 가게를 운영하는 씩씩이가 먼저 이야기를 시작했다. "기억 저편에 있던 그동안 한 번도 언급한 적이 없던 일들인데, 그중 하나는 '정우의 마른 팬티'예요. 제가 20대 때 중증장애 아이들 시설에서 일했어요. 아이들이 보통 야뇨증이 있는데 그걸 고치려고 교사들이 매일 시간 단위로 훈련을 시켜요. 그러던 어느 날 제가 맡았던 친구가 드디어 아침에 마른 팬티로 일어난 거죠! 그 경험이 제가 거기서 3년을 견딜 수 있게 했던 것 같아요."

이야기는 계속됐다. 배우 겨울은 생계를 위해 마트 시식 알바, 주차장 도우미, 연기학원 강사 등 안 해본 일이 없었다. 영화 공부를 위해 영국으로 유학을 간 초연은 청소, 바텐더, 주방보조 등을 하며 욕을 먹으면서도 끝까지 버텼다고 한다. 모두 버티고 사는구나 생각했다. 난 두 달도 견디지 못하고 뛰쳐나온 회사가 있는데.

여행기획자 나윤은 사회생활을 할 때도 일 못한다는 소리를 듣는 게 죽기보다 싫었다고 했다. 그러면서 어느

날 갑자기 상사의 권위를 세워주지 않고 일을 너무 잘한
다는 이유로 해고 통보를 받은 이야기를 꺼냈다.

"제가 그동안 일해왔던 방식과 시간, 비전 같은 것들
이 한꺼번에 무너졌어요. 정신을 놓을 만큼 상처를 받았
죠. 그 일을 기점으로 조금씩 바뀐 것 같아요. 자기 착취
에 가까울 정도로, 이렇게 일하는 게 맞나 하는 생각을
하게 됐죠."

너무 잘해서도, 잘하려고 해서도 안 되는 게 '일'이라
던 친구의 말이 떠올랐다. 그런데 나는 저 정도로 열심
히 일한 적이 있었나? 난 고개를 끄덕이며 이야기를 들
으면서도 그 이야기에 완전히 동화될 수 없는 나를 자책
했다. 역시, 나 빼고 다들 열심히 산 것 같다.

그때 한쪽 구석에서 목소리가 들려왔다.

"저는 일단 열심히 살아오지 않았어요. 외야석의 아
웃사이더였거든요."

뭐지 저 사람? 고개를 돌려보니 루후나가 막 이야기
를 시작하고 있었다.

"취업도 진학도 별 의지가 없었고, 절박함이랄까 그런
게 없었어요. 제가 왜 외야석의 아웃사이더냐면, 야구장

은 관중들도 홈팀을 응원하면 1루 쪽, 원정팀을 응원하면 3루 쪽에 앉아요. 이도 저도 아닌 사람들이 앉는 곳이 외야석. 저는 '아무래도 외야석이 내 자리인 것 같아.'라고 생각했던 거 같아요."

그게 자신의 천성이고 존재 자체가 그라운드에서 치열하게 뛰는 선수는 아니었던 것 같다고 말하는 루후나를 보며 당황스럽기도, 한편 부럽기도 했다. 나는 이력서를 쓸 때도, 이곳에 와서 이야기를 할 때도 어떻게 하면 과거의 빈 시간들을 채워 넣을까 전전긍긍했다. 그래서 다들 열심히 살아온 이야기를 들으며 괴로웠고 무엇이든 그럴듯하게 포장해서 열심히 산 척해야만 했다. 그런데 열심히 살지 않았다니, 외야석이라니. 당장이라도 손을 들어 "저도요!"라고 소리치고 싶었다.

이야기는 자정을 넘겨서야 마무리가 됐다. 나는 숙소로 돌아와 이부자리를 펴고 아찔한 찬물로 샤워를 한 후, 덜 마른 머리칼을 베개 위로 펼치고 누웠다. 살짝 젖혀진 쪽문 틈으로 소똥 냄새가 솔솔 들어왔다. 밀담들속에서 일었던 생각은 좀처럼 정리되지 않았다. 나는 오지 않는 잠을 청하며 멍하니 천장을 바라봤다.

아침이 밝았다. 우리는 천천히 아침 식사를 하고 다시
둥그렇게 둘러앉았다.

"캠프의 하이라이트. 나를 구성해온 일들을 다시 쓰
는 시간이에요. 어제 하루 종일 이것저것하면서 기억을
끌어냈으니. 간단하게 연표를 쓴다고 생각해보세요."

오솔의 안내에 따라 참가자들은 각자 종이를 받아 들
고 흩어졌다. 나는 책장 앞의 작은 테이블에 자리를 잡
았다. 연도별로 내가 무엇을 했는지 하나하나 기억을 떠
올리며 쓰다 보니 했던 일과 더불어 당시에 했던 생각들
도 조금씩 되살아났다. 밤마다 이력서를 쓸 때는 보이지
않고, 느껴지지 않던 것들이 정리되는 것 같았다. 꽉 채
워지지 않은 이력서는 충실하게 살지 않은 증거라던 어
느 드라마의 한 장면이 떠올랐다. 그동안은 그 빈칸들을
억지로 채웠는데 오늘은 종이가 가득 찼다.

나는 캠프의 마지막에서야 겨우 작은 실마리를 하나
잡은 것 같았다. 그것을 놓지 않으려 애쓰며 다시 노란
버스에 몸을 실었다. 하지만 며칠 지나지 않아 그때의 기
억과 감정은 휘발되어 갔다.

캠프 후나 이 글을 쓰면서도 큰 변화는 없다. 다만 열심히 살지 않았다고 후회한 수많은 시간들, 채워지지 않는 이력서의 빈칸들이 나름의 이유를 가지고 있다는 걸 알아가는 중이다. 여전히 '일'이라는 것이 뭔지는 모르지만, 언젠가 또다시 나를 구성해온 일들을 써 내려간다면 적어도 지난 넉 달 동안의 칸들이 더 늘어나 있겠지.

한창 이 글의 마무리로 골머리를 앓고 있을 때였다. 깜빡이는 커서에 눈알이 빠질 지경이었다. 막 짜증이 날 무렵 친구에게서 문자가 왔다. 뭐 하냐고 묻기에 '일하고 있어.'라고 적으려다 '뭐 좀 쓰고 있어.'라고 고쳐 보냈다. 다시 한참이 지나고 '줌마네' 기획팀 하리가 작업실로 들어왔다.

"오보, 일하고 있어요?"

그제야 난 이렇게 대답했다.

"네, 일하고 있어요."

Q 당신의
가장 대표적인
프로필은
무엇입니까?

사람들에게 자신을 어떻게 소개합니까?

이력서에 제일 중요하게 적는 한 줄은 무엇입니까?

자기소개서를 쓸 때 가장 강조하는 부분이 있다면?

첫 번째 장은 사회가 자신의 가치를 인정하고 받아주는 틀

그리고 사회적 쓸모에 맞춰 자신을 구성해온 것들에 대해

다시 질문하고 기록하는 시간입니다.

꼭 쓰는 이력서 한 줄

하리 외

하리 저는 영화를 만드는 사람이라 제 유일한 장편인 다큐멘터리 〈왕자가 된 소녀들〉 연출을 가장 주요하게 씁니다.

가람 저도 영화를 하고 있는데요. 첫 번째 연출한 〈모래〉라는 영화로 제일 칭찬도 많이 받아서 그걸 써요. 그리고 미디어 교육할 때는 중등 국어교사 자격증이 있다는 걸 내세우죠(웃음).

짱아 전 지금 쓴다면 가장 그럴듯한 게 '줌마네' 기획팀일 것 같고요. 한때는 '이건 꼭 써야 해.' 하고 출산 경험을 쓴 적이 있어요.

영희 저는 내세울 건 없지만 노무사 자격증이 있어요. 자격증은 참 중요합니다(웃음). 그리고 제가 8년 동안 여성 노동자들을 상담하고 교육했다고 하면 어느 정도 경험과 내공을 인정해주시기 때문에 그걸 주요하게 내세우고 있습니다.

현경 운전면허도 없는 저의 유일한 자격증, 박사 학위(웃음). 여성학 박사로 졸업. 요새는 다들 5년이면 졸업을 하는데 저는 7년만에 했지만, 아무튼 졸업했으니 그게 저의 가장 큰 이력입니다.

초연 저는 경제 활동을 주로 학원 업계에서 하고 있기 때문에 '영어와 독어가 가능하다.' 그렇게 써요. 주로 영어 교육을 하고 있어서 독어는 필요 없는 데도 그렇게 쓰고 있습니다(웃음).

아사 저는 생활협동조합에서 10년 넘게 자원봉사를 비롯해 뭐든 다 하고 있습니다. 자격증으로는 식생활교육 강사 자격증이 있어요.

꽃바람 저는 지금 제가 하는 일과 전혀 상관없는 사회복지사 2급 자격증이 있습니다. 중간에 그만뒀다가 작년에 다시 시작해 십몇 년만에 취득했습니다. 그리고 그 전에는 다양한 문화 프로그램을 기획하고 진행했다. 뭐 이런 게 가장 큰 거죠.

경미   저는 자격증은 없는데 중·고등학교 학생들 공부를 진짜 잘 가르칠 수 있어요. 그건 좀 자부심이 있습니다.

케이   저도 자격증은 없고 그냥 이력서에 '어떤 회사에서 몇 년간 일했다.' 그게 다예요. 회사 다닌 기록들? 그것뿐인 것 같아요.

차차   저도 취업할 때 쓸 게 없었던 사람이고 학교도 변변찮고 내세울 스펙이란 게 없는 사람인데… 꼭 쓴다면 하나의 회사를 함께 창업하고 그 회사를 여태 같이 이끌어오고 있는 거? 그게 가장 내세울 만한 것이겠죠.

씩씩이   어떤 회사에 취업하느냐에 따라 다를 텐데…만약 지금 제가 하는 일을 접고 이력서를 써야 한다면 사회적 기업 '주식회사 연금술사'의 대표이사?

유이   먼저 제일 오래 해온 도서출판 또하나의문화 여성주의 동인 모임 '또하나의문화'의 출판사 대표이자 '잠자는 딸기 여성 여행자를 위한 비건 게스트하우스' 대표. 농사나 요리 쪽으로는 '자연농 배움터 지구학교' 다니는 것. 그리고 게스트하우스 운영을 위해서는 제 여행 이력이 중요해서 2000년

3개월 지중해 여행, 2007년 3개월 산티아고 1,600킬로미터 도보 순례 인증서, 2010년 여행학교 '로드스꼴라RoadSchola, 길 위에서 배우고 놀고 연대하고자 하는 여행학교'의 3주 아프리카 트럭킹 참여, 2016년 3주 쿠바 여행 등 여행 이력을 주로 소개합니다.

소영 저는 전문 '무용수' 시절에는 수상 경력이 가장 중요했고요. 출산하고 지금은 주로 제가 어떤 춤을 지향하는지를 쓰고 있어요. '먹히지는' 않고 있습니다(웃음).

겨울 저는 배우니까 제가 출연한 작품 목록과 프로필 사진이 중요하죠. 그리고 생계를 위한 이력서를 제출할 때는 제가 애들을 가르친 경력이 조금 있어서 그걸 강조합니다. 그 이전에 제가 했던 수많은 아르바이트들을 다 적어서 '다양한 일을 할 수 있다.' '경험이 많다.'는 식으로 쓰고 있습니다.

오보 저는 어제도 이력서를 쓰고 왔는데요. 다큐멘터리 영화 〈그림자들의 섬〉에 연출부로 참여해서 구성, 편집 등 여러 가지 일을 맡아서 했다. 이걸 가장 강조하고 그 외에도 자잘하게 참여했던 영화들을 적어요.

루후나 음, 저는 일단 '줌마네' 기획팀에 있다는 것밖에 딱히 생각은 안 나는데.

오솔 그건 사회적으로 인정을 못 받아(웃음).

나윤 저는 아주 많은데 한 가지만 이야기하겠습니다(웃음). 제일 센 거는 외국에서 일했던 경험인 것 같아요. 태국 치앙마이에서 1년 동안 레스토랑을 했습니다. 다국적 셰프들이 경쟁하는 치앙마이에서 6개월만에 손익분기점을 넘기는 기록도 남겼죠. 외국인 정식 비자 받고 현지에서 사업자 등록하고 매장 개업부터 시작해서 사장으로 운영까지 했던 일련의 경험이 되게 강렬했던 것 같아요. 노동 강도도 아주 '빡셌고'요.

오솔 저는 상영회나 영화 관련된 일로 프로필을 쓸 때면 다른 건 다 빼도 '베를린 영화제 넷팩상NETPAC Award, 아시아 영화진흥기구에서 수여하는 상 수상' 이 항목을 꼭 쓰더라고요(웃음).

내가 쓰지 못한 이야기

오보

전 지금까지 제가 뭘 하면서 지냈는지 생각하면서 길게 일기 쓰듯이 적어봤습니다. 그러고 나니 대학을 졸업하고 했던 일들이 자잘하게 많은데 내가 왜 그 일을 하게 되었을까를 생각하게 됐어요.

학교를 졸업하고 바로 했던 일이 독립영화를 찍는 거였어요. 그렇게 6개월쯤 하다가 영국으로 가서 홈쇼핑 알바를 하면서 여행도 하고 6개월 뒤에 다시 돌아와 영화 작업을 했어요. 잠시 슬럼프가 와서 쉬다가 〈그림자들의 섬〉이라는 다큐멘터리 제작팀에 우연히 발을 들여서 6개월 동안 쭉 영화 작업을 했어요.

또 '부산 민주언론시민연합'이라는 곳에서 지역 신문 모니터링 요원으로 꽤 오랫동안 활동을 했어요. 대선이나 총선이 있을 때는 집중적으로 하고 보통은 지역 신문에서 어떤 이슈를 다루는지를 모니터하는 일이었죠. 또 부산MBC '라디오 시민세상'이란 프로그램에 시민 기자로 방송하기도 하고요. 4개월 하다가 쉬고 또 한 달 진행하기도 하고. 띄엄띄엄하긴 했지만 조금씩 이어지는 일들을 했어요. 아, 또 청년 잡지도 한 번 만들었네요.

그 일들을 왜 했나, 생각을 하니까 이런 말하기 그렇지만…삶의 의미를 잃어버린 사건이 있었어요. 우주 비행사가 꿈이어서 고등학교 3년 내내 독종이라는 별명까지 얻어가며 진짜 열심히 공부했는데 한 사건 때문에 완전히 무너진 거예요. 그 후로 공부를 놓아버리고 대충 수능을 치르고…어쩌다 보니 그냥 대학에 들어갔고 그렇게 20대를 시작했어요. 그때부터 지금까지 그걸 이겨내고 세상에 나가고 싶어서 여러 가지 활동들을 해왔던 것 같아요.

그중에 영화는 그전까진 취미였다가 대학 교양 수업을 들으면서 깊게 생각하게 됐어요. 숨통이 조금 트이는 것 같은 느낌이었어요. 그 안에 음악도 있고, 연기도 있고, 이야기도 있고, 그리고 내가 상상하는 것들을 펼칠 수 있으니까요. 그래서 영화를 시작했는데 그조차도 나중엔 내가 이걸 하고 싶어서 하는지 회의가 들기도 했어요. 무슨 일을 하며 살아야 삶의 의지가 생겨날까? 계속 고민하고 있는데 지금까지도 솔직히 의지가 생기진 않아요. 갑자기 어두운 이야기해서 그렇네요. 지금도 목소리가 좀 떨리는데, 제가 사람들 앞에서 말을 잘 못해요. 그 일 이후로는 주목받는 게 너무 무서워서요.

아무튼 정리해보니 가장 최근엔 힘들지만 보람을 느꼈던 일은 육아였어요. 2년 전에 언니가 아이를 낳았어요. 제가 할 일이 없어 보였던지(웃음) 아이를 봐달라더군요. 그렇게 출산 없는 육아를 스물아홉에 경험했어요. 작년 8월부터 올해 5월까지. 여러 감정을 느꼈어요. 너무 사랑스러운 존재잖아요. 내 손에서 아기가 젖을 먹고, 똥을 싸고, 웃고, 말하기 시작하고. 그런 걸 보면서 아이라는 존재에 대한 새로움을 느끼기 시작했죠. 한편으로는 여성의 삶에 대해서 다시 생각하게 되고 그게 엄마의 삶에 대한 생각으로 이어지고. 육아에서 시작해 어머니와 여자의 삶에 대해서 생각하게 된 거죠. 어떤 일을 했다기보다 제 삶과 다른 쪽도 이해할 수 있게 해준 경험이 었어요. 앞으로도 삶의 의지가 생기지 않는다면…'그럼 엄마를 위해 살아볼까?' 이런 생각이 들 정도로 엄마의 삶을 좀 깊이 받아들이게 됐어요.

저는 제 고향을 정말 좋아해요. 시간 날 때마다 카메라로 기록했어요. 해가 뜨고 지고, 여름이 가고 겨울이 오고, 그렇게 마을을 기록하는 게 제가 해야 하는 일이라는 생각이 들었어요. 걸으면서, 또는 자전거를 타고 돌아다니면서 기록을 하다 보니 그때 생긴 감성이나 느낌들이 제 시나리오에 조금씩 반영되더라고요. 앞으로 제가 언제 영화를 찍을지는 모르지만 그 영화 안에 언젠가는 들어갈 거라는 생각을 해요.

그런데 그런 것들이 당장 실재적인 결과물은 없잖아요. 취업을 준비하고 돈을 벌어야 하고 일을 해야 하는데 제 능력을 증명할 만한 것들이 아닌 거예요. 전 어떻게든 살아보려고, 살아내기 위해서 여러 가지 활동을 했는데 그게 사회에서는 인정되지 않는 거죠. "너의 경력은?" 하고 물으면 그냥 〈그림자들의 섬〉 연출부인 거죠.

그 다큐멘터리가 서울독립영화제에서 대상을 받았어요.
그래서 경력으로 치는 건데 그것 밖에 없는 거예요. 그
래도 제가 해왔던 활동들을 어떻게든 버무려 이야기를
만들어서 자기소개서를 써내야 되니까, 이력서를 쓸 때
마다 너무 스트레스를 받아요. 어제도 밤 12시까지 이력
서를 쓰고 왔어요.

알바의 이유

겨울

제가 정리한 건 계속 전전긍긍하면서 한 알바 생활이에요. 그때 무슨 일을 했고 왜 관뒀고, 이렇게만 정리했는데요. 저의 첫 아르바이트는, 대학교 방학 때 했던 마트 시식 행사 도우미였어요. 며칠 고생하면 되겠지 싶었는데 제가 멋몰랐던 거죠. 치즈 시식 행사여서 계속 냉장고 앞에 서 있다 보니 심한 감기에 걸렸어요. 편도가 심하게 부어서 링거 맞아가며 알바를 했죠. 그렇지만 '어쨌든 이건 내 전공이 아니니까 나는 괜찮아, 곧 관둘 거니까.' 이러면서 별로 타격은 안 받았어요. 근데 연기 생활을 하려니 또 단기로 할 만한 일들이 필요했어요. 그래서 다시 마트 알바를 하게 됐어요. 이번에는 주류 행사. 명절 할인 판매를 했는데 주류 쪽은 텃세가 있더라고요. 선배 언니들한테 집합을 당해서 "야! 전통주, 정리 제대로 안 해?"(웃음). 그러면 저는 연극영화과에서 군기 잡힌 생활을 해봤기 때문에 "죄송합니다." 하면서 바로 시정했어요.

그러다 방학 때 학교 앞 노래방에서 카운터 보는 일을 했는데, 주인아주머니께서 잘 챙겨주셔서 편하게 했어요. 그때 처음으로 이상한 술 취한 아저씨들도 많이 보고 제 나이 또래의, 어쩌면 그때의 저보다 더 어린 아이들이 도우미로 들어오는 것들을 많이 봤어요. 굉장히 많은 생각이 들었어요. 지금 내가 사는 이 세상이 어떻게 균형을 이루는지는 잘 모르겠지만 '정말 다양한 사람들이 어떤 식으로든 일을 해나가면서 사는구나.' 라는 걸 좀 느꼈던 시기였어요.

그리고 또 무슨 일을 할까 하다가…일을 너무 많이 해서(웃음). 백화점에서 주차 도우미를 했는데 3일 하고 바로 그만뒀어요. 제가 했던 곳은 아주 옛날 건물이어서 카드도 없이 모두 수작업을 해야 되는 열악한 환경이더라고요. 주차장 뒤 조그마한 방에서 난방 켜놓고 여자들이 쉬는데, 다 제 나이 또래거든요, 기분이 너무 울적해지더라고요. 그래서 이 일은 하면 안 되겠다, 하고 관뒀죠. 근데 신입인 저에게 업무 인계를 해줬던 직원이 있어요. 저한테 3일 동안 그렇게 열심히 가르쳐줬는데 바로 관두려니 너무 마음이 쓰였어요. 한동안 꿈에 계속 그 직원이 나오고…너무 미안한 거예요. 그래서 잊히질 않아요.

그다음엔 휴대폰 서비스센터에 직원으로 들어갔는데, 그때 영화제작팀에 들어간 선배가 스탠딩 배우를 제안하는 거예요. '이런 일을 하는 것보단 현장 경험을 해야 해. 무조건 해야겠어!' 싶어서 얼마 되지 않아 또 바로 관뒀어요. 욕먹을 것 각오하고요. 다른 직원들한테 너무 미안하더라고요. 그래서 이번엔 편지를 썼어요(웃음). 저는 계속 이렇게 일을 했다가 관뒀다가, 했다가 관뒀다가 이런 시간을 반복해왔어요. 어떻게든 연기랑 병행하고 싶어서 새벽에만 일하는 콜센터에서도 일했고요. 또 이만큼의 다른 이야기들도 있는데(웃음).

한번은 아예 몇 개월 아르바이트에 집중해서 돈을 벌

어놓고 연기 일을 해야지 싶어서, 처음으로 오랜 기간 일한 적이 있어요. 가방 매장이었는데 이상한 안정감을 느꼈던 것 같아요. 동료들도 생기고요. 저는 어렸을 때부터 계속 연극영화과 관련 학교를 다녀서 주변에 다른 일을 하는 사람들이 없거든요. 근데 그때는 동료 직원들이랑 평범한 대화를 나누면서 좀 안정되게 일했던 시간이 아니었나 싶어요. 연기를 쉬고 있다는 것 때문에 마음 한편이 복잡할 때가 있긴 했지만요.

이렇게 계속은 못 하겠다 싶어 연기로 할 수 있는 일이 뭔가 찾기 시작한 게 채 몇 년이 안 돼요. 한 3년 정도? 근데 연기로 할 수 있는 일은 애들 가르치는 일밖에 없더라고요. 처음에는 하고 싶지 않았어요. 선생님이 되고 싶은 것도 아니고 내가 어린 애들을 감히 가르칠 수 있을까, 하는 죄책감도 들고요. 그래도 일단은 하기로 마음먹고 중·고등학생들을 가르쳤어요. 그런데 뭐랄까, 저는 교육자의 마음으로 아이들의 감정 표현을 끌어내고 닫혀 있는 마음을 열어주려 애쓰고 있는데 애들은 관심이 하나도 없는 거예요(웃음). 그냥 연예인이 좋아서 온 애들도 많고요. 그래서 많이 힘들었는데 수업이 폐강되면서 잘렸어요.

다시 연기 교사 일을 알아보다가 최근에 작은 규모의 아역 전문 엔터테인먼트에서 수업을 진행하게 되었어요. 그런데 학생들이 네 살, 다섯 살이에요. 아직 한글도 못 뗀 아기들이 엄마 손잡고 와서 뭐 하는지도 모르고 따라하는데 너무 기분이 안 좋았어요. 부모들 마음도 이해하지만 너무 안됐고 저 나이에는 그냥 놀게 해줬으면 좋겠다 싶고요. 하지만 그 일을 계속해야만 했어요. 왜냐면 연기와 같이 할 수 있는 일이 그것밖엔 없으니까요. 그래서 6개월 정도 지속하다가 지난주에 마지막 수업을 하고 그만뒀어요. 초반에 영혼이 탈탈 털린 것도 있었지만 회사 사정도 있고 해서 겸사겸사 그만하겠다고 나왔죠.

정리하면서 돌아보니까 또 한번 절감한 게 있어요. 지금으로선 내가 하고자 하는 일로는 돈을 벌 수 없으니까 다른 일을 병행하고 있고, 계속 다른 일을 하면서 내 영혼이 털리고, 연기 생활은 만족감을 주기엔 너무 현실적으로 힘들고, 이게 계속 반복되고 반복되고. 이 울타리 안에서 저 스스로도 지치는 것 같더라고요. 요즘 제일 큰 고민은, 연기로 돈을 벌면 가장 좋겠지만 지금 당장 내가 할 수 있는 다른 일, 내 영혼을 너무 소모시키지 않고 그러면서 용돈벌이라도 할 수 있는 일이 도대체 뭐가 있을까 하는 거예요. 그래서 다른 일을 하는 여러 사람들의 이야기를 들어보고 싶었고 나는 내 길을 어떤 식으로 찾아가면 좋을까, 생각하고 싶어서 여기까지 오고 이렇게 제 이야기를 하게 됐습니다.

당신의 가장 대표적인 프로필은
무엇입니까?

_____

_____

_____

_____

_____

_____

_____

_____

_____

_____

_____

_____

_____

_____

_____

0 한 줄로 당신의 부고를 작성한다면?
자신의 이력서에서 앞으로 제일 쓸모 있어 보이는 항목은 무엇인가?
앞으로 3년 후에 남들에게 말하고 싶은 이력은 무엇인가?
자신의 사회적 경력에서 세부적인 프로필 열 개를 골라
연대기순으로 적어본다.

1

_____

_____

_____

2

_____

_____

_____

3

_____

_____

_____

4

_____

_____

_____

Q 어떤 날,
어떤 순간
일터에서 있었던
한 장면은?

우리에겐 이도 저도 아닌, 이름 붙이지 못한

그냥 어떤 하루들이 있었습니다.

그런 하루들은 이력서의 한 줄로 표현되지 못한

우리의 어떤 시도, 경험이고

좌절, 실수, 탐색의 시간들입니다.

두 번째 장은 그 기억을 소환해서 기록하는 챕터입니다.

어떤 일을 했던 구체적인 장소와 시간, 사람들,

자신의 감각, 느낌을 떠올려 영화의 한 장면처럼

묘사해보세요.

그 막연했던 날들

오솔 외

소공동 분식점

오솔   저는 1986년도에 대학을 졸업했어요. 그땐 사회적으로 여자들이 일할 만한 일터가 별로 없던 시절이었어요. 학부 전공이 독일문학이었는데 양복 만드는 분들 협회지에서 독일어 번역 아르바이트를 하다가 협회지 편집기자로 취업을 했어요. 소공동 2층 사무실에서 교정교열을 보고 그 아래 식품점이 딸린 자그마한 분식점에서 라면을 먹으면서 막연한 시간들을 보냈죠. 이력서에는 쓸 수 없는, 수도 없는 삽질과 이상한 일과 무료한 시간들이 내게도 존재했던 것 같아요. 소공동의 작은 협회지 사무실에서 보냈던 시간들은 나에게, 또 내 삶에 어떤 의미가 있었을까. 베를린영화제 넷팩상 수상(웃음). 그것만이 나인가? 나에게 정말 중요했던 시간은 뭘까?

그 추웠던 겨울 아침

꽃바람 2007년 겨울이었어요. 제가 둘째를 낳고는 마음이 좀 급했어요. 남편이 회사 생활 잘하고 있는데도 돈벌이에 조바심이 생겨서. '애들을 키우며 할 수 있는 일이 뭐가 있을까?' 해서 새벽에 우유배달을 1년 정도 한 적이 있어요. 우유배달이라는 게 사람들이 그달 우유 값을 제대로 내줘야 내가 일한 몫을 받는 구조에요. 근데 사람들이 수금을 잘 안 해줘요. 대리점에서 미납자 명단이 나오면 가서 돈을 받아오는 것까지 해야 해요.

그날은 겨울인데 약간 추웠어요. 두 살 된 둘째 애를 자전거 뒤에 앉히고 집에서 가까운 빌라촌으로 가서 초인종을 누르고 사람이 나올 때까지 기다렸어요. 그러다 갑자기 애가 생각이 나서 괜찮은지 뒤를 돌아봤는데, 애가 자전거에 앉아서 오들오들 떨고 있더라고요. 그날 그 집에서 사람이 나왔는지, 이야기를 했는지, 돈은 받았는지 이런 건 기억이 안 나고 뒤돌아봤을 때 추위에 떨던 아이와 그걸 보고 있던 제 모습. 그 상황만 기억이 나요.

자신이 안쓰럽기도 하고 약간 슬프기도 하고. 왜 그렇게 뭔가에 쫓기듯 아이와 있는 시간을 충분히 즐기지 못하고 돈에 대한 조바심에 악착같이 굴었지? 그렇게까지 하지 않아도 됐을 걸, 이런 생각이 지금은 좀 들어요. 그래서 아이는 추위에 떨고 있고 나는 어두운 계단에서 누군가 문 열어주기를 기다리던 그 장면이 지금도 가끔 떠올라요.

회사 전담 택시

케이 저는 회사 다니면서 고생했던 생각이 나요. 아주 바쁘고 중요한 프로젝트가 많았던 시기였는데 거의 매일같이 새벽 두세 시에 퇴근했어요. 회사 전담 택시가 있어서 매일 택시를 타고 다녔어요. 회사에서 매일 야근하고 늦게 간다는 걸 아는 택시 기사님들이 알아서 대기하고 계셨어요. 그때는 너무나 힘들어서 몸이 아주 아팠어요. 먹는 것도 제대로 못 먹고 악순환의 연속이었는데, 다들 그러고 다니니까 그게 당연한 거라고 생각을 했어

044

요. 회사 나오고 나서야 그건 아니란 생각을 했죠. 정말 힘들었어요.

마감일

유이 저는 제일 길게 한 일이 출판 일이니까 그때 장면이 떠올라요. 최종 출력물을 인쇄소에 넘길 때면 항상 굉장히 긴장해요. 컴퓨터 인쇄 모드의 미리보기 화면과 오케이 교정지를 대조하다 밖이 환해지며 동이 틀 때. 최종 확인하고 웹하드에 데이터 올리고 팩스로 인쇄 의뢰서 보내고 하던 그런 장면이 떠오르네요. 편집증에 가깝게 긴장하는 순간이고 일 끝내고 약간 벅차기도 하는 순간이죠.

모카맛 초콜릿

소영 저는 이력서에 쓰고 싶은 이력이 있어요. 사실 저는 이력이 화려한 편인데, 그 화려함을 유지하기 위한 수면 아래 거대한 몸체의 빙산이 있어요. 딱 떠오른 장면은 미니쉘 초콜릿 다섯 개. 초록색을 주로 먹었는데 모카맛이 나요. 그게 왜 생각이 나냐면, 20대 때 아르바이트하면서 따로 밥 챙겨 먹을 시간이 없어서 그걸 많이 먹었어요. 레슨을 받고 학교 수업을 마치고 아르바이트를 하러 넘어가면서 버스 노선을 체크해요. 최대한 빨리 이동하려고 체크를 하면서 그 초콜릿을 먹었던 기억이 나요. 그때는 아르바이트를 할 수 있으면 일단 다 하겠다고 하고는 버스 안에서 '나 어떻게 하지?'(웃음) 했는데, 지금 그 시간들을 이력서에 쓸 수는 없겠죠. 제가 속해 있는 곳은 그런 걸 보는 세상이 아니니까. 어쨌든 무엇이든, 언제든 할 수 있는 어떤 힘? 그런 게 20대 때 쌓였던 것 같아요.

세트 뒤의 시간

겨울 저도 프로필로 기재하지 않는 게 하나 있어요. 몇 년 전 한 상업영화 주인공의 스탠딩 배우를 했어요. 주인공을 맡은 선배님이 오시기 전에 제가 동선 체크 등을 하는 거예요. 진짜 촬영이 들어가고 북적북적해지면 저는 세트장에 세워진 큰 가벽 뒤로 빠져 있거든요. 그 세트장 벽 뒤의 어두운 공간에 빛이 새어 나오고 구석에 혼자 있거나 대기 중인 스태프랑 같이 앉아 있을 때 제일 평온했던 것 같아요. 뭔가 내가 속해 있는 것 같으면서도 딱 가벽 뒤의 자리가 정말 내 자리 같은 느낌? 그때 생각이 참 많이 나고 잊을 수가 없어요. 어린 나이에 많이 보고 느껴서(웃음).

한여름의 가락시장

차차 저는 학생 때 아르바이트를 진짜 많이 했는데 처음 일을 포기했던 기억이 있어요. 악바리 근성이 있어서 참는 거 하나는 되게 잘하는 데도 말이죠. 가락시장에서 카트를 끌고 상인들에게 아이스크림을 파는 일이었는데, 메이커도 없는 길거리 아이스크림을 200원어치 팔면 100원이 저한테 떨어져요. 그런데 가락시장이 엄청나게 크고 야외라서 덥기도 너무 덥고, 바닥에 떨어진 채소나 생선 냄새가 정말 역겨워서 못 있겠더라고요. 그래서 세 시간인가 하고 그만뒀어요.

그때 벌었던 돈이 정확히 기억은 안 나는데…예를 들어 당시 시급이 4천 원이라면 두 시간에 약간 더해서 9천 원 정도 벌었던 것 같아요. 그 두세 시간 일하고 땀범벅이 돼서 지하철 타기가 너무 미안한 거예요. 화장실에서 세수하고 휴지로 겨드랑이까지 닦았어요. 아르바이트를 중간에 포기했던 그날이 갑자기 떠올랐어요.

5주만의 퇴사

오보 저는 이력서에 쓰지 말아야 할 일이 생각났어요. 2년 전에 서울에 처음 올라왔고 한 3개월만에 처음으로 회사에 취직하게 됐어요. 컴퓨터 그래픽을 만들고 동영상이나 영화를 편집하는 회사의 편집부에서 일했는데, 부끄럽지만 5주만에 회사를 그만뒀어요. 일찍 마치면 11시, 그래서 집에 들어오면 12시가 넘는 건 기본이고 주말에도 일하고. TV에서만 보던 주위 눈치 보며 퇴근하는 걸 스물여덟에 처음 경험했어요. 일도 힘들긴 했지만 상사나 사람들과의 관계에서…이렇게 힘들 수 있구나, 사람들이 나를 그냥 음…우는 게 아니라 떨려서…(잠시 침묵).

제가 견뎌내지 못하고 너무 빨리 그만뒀던 기억 때문에 어디든 다시 지원할 때마다 힘들어요. '내가 잘할 수 있을까?', '어디 소속되어 잘 지낼 수 있을까?' 하는 두려움이 생겼어요. 회사 나오면서 이사님이랑 얘기했는데

"절대 이력서에 쓰지 마라." 그러시더라고요(웃음). 지금도 이력서를 쓰면서 그걸 극복해야겠다는 생각으로 계속 도전하고 있어요.

태양이 뜨겁던 옥수수밭

하리 첫 노동이 언제인가를 생각해봤어요. 대학 때 무슨 알바로 시작했지? 기억을 더듬다 떠오른 게 하나 있어요. 저는 초등학교 5학년 때까지 시골에 살았어요. 집이 목장이어서 소를 키웠고 소에게 먹일 옥수수밭이 있었어요. 초등학교 들어가기 전, 아주 어렸을 때 한여름에 가뭄이 심했어요. 뉴스에서 계속 심각하다고 할 정도로 오래 가물었고 옥수수 끝이 타들어 가는 상황이었죠. 그때 저의 임무는 그 옥수수 밭고랑 사이에 물을 대는 거였어요. 왜 그걸 했는지 모르겠어요. 아마 100원 정도 용돈을 준다고 했던 것 같아요(웃음). 그때 매일 사 먹던 산도 과자가 50원이었으니까 100원이면 되게 큰돈이었죠.

저한테 시킨 건 아마 옥수수 고랑 사이가 좁아서 어른들이 왔다 갔다 하기 힘들어서 그랬던 것 같아요. 아무튼 고랑 사이로 물이 잘 흘러갈 수 있도록 물길을 막는 잡동사니들을 치우고 정리하는 건데, 이게 해도 해도 끝이 나지 않는 거예요. 넓은 밭도 아니고 되게 오래 일한 것 같은데…아직 남은 부분은 많고. 정말 끝없이 도랑을 왔다 갔다 했어요. 물길이 조금씩 저를 따라오고 옥수수 끝은 타들어 가고 태양은 정말 뜨겁고 그랬던, 어떤 날이 생각나요. 그게 아무래도 저의 첫 노동이지 않았을까 하는 생각을 해봅니다.

팔십 노모의 도시락

씩씩이 저는 음…'내 인생이 왜 이렇게 꼬이기 시작했지?' (웃음) 하는 물음을 따라가다 그 시작점이 갑자기 떠올랐어요. 1990년 스물한 살, 스무 살이었나? 대학 다니면서 지적장애인들을 돕는 봉사 활동을 했어요. 학교는 잘 안 가고 자원봉사를 더 열심히 했죠. 거의 일처럼 했어요. 하루는 소풍을 갔는데, 머리가 이미 허연, 육십 된 지적장애 할아버지의 노모께서 소풍 도시락을 싸오셨어요. 아들 소풍이라고 팔십 노모가 도시락을 싸와서 공원 잔디밭에 앉아 같이 먹고 있는 모습을 오랫동안 바라봤어요. 그 장면이 생각나요.

두 분이 앞에 있고 제가 뒤에 있었거든요. 해는 중천에 떠 있었고 봄이었어요. 불시에 무슨 일이 생기면 안 되기 때문에 뒤에 앉아 두 분을 지켜보고 있는 내 모습. 그게 내 인생이 꼬이기 시작한 첫 시작점이에요(웃음).

도서관 작은 책상

나윤   오늘처럼 해가 아주 선명하지도 흐리지도 않은 날에 세로로 긴 창문으로 햇빛이 들어오고 있었어요. 저는 도서관에서 책 정리할 때 쓰는 나무 수레를 끌고 있었죠. 그리고 책이 앞뒤로 있었고. 햇빛이 희미하게 들어오는 작은 책상이 있었는데 거기는 사람이 잘 앉지 않았어요. 그쪽으로 카트를 밀고 가서 일하는 척하면서 계속 책만 봤던 기억이 나요(웃음).

대학교 다닐 때 아르바이트를 굉장히 많이 했는데 그중 하나가 학교 도서관에서 책 정리하는 시간제 일이었어요. 그 알바를 꽤 오래 했는데 그 장면이 오랫동안 남아요. 어딘가 매우 불안정하던 시기였는데, 일하는 시간에 숨어서 책을 많이 읽었죠. 주로 박완서, 공지영 등 여성 작가들의 책. 분노와 억울함으로 가득 차 있던 젊은

시절의 저를 다독였던 기억이에요. 그 시절 알바 중에서
는 '꿀알바'였던 걸로 기억해요. 돈은 많이 못 벌지만 숨
어서 책 보며 일했던 시간들…. 젊은 날의 저를 많이 받
쳐주고 버티게 했던 장면입니다.

스토리 찾기

현경 학부 다닐 때 했던 활동들이 제일 기억에 남아요.
늘 햇살이 따뜻하게 들어오는 학생회관 총여학생회실.
제가 총여학생회에서 일했는데, 보통 회의나 그런 일로
많이 싸우고 그날 바로 술 마시고 화해하고. 거기서 정
말 모든 걸 다 했어요. 만화책 갖다 놓으면 만화 보고, 체
스판 갖다 놓으면 체스하고, 잡지도 만들고, 축제도 기획
하고 재미나게 일했던 그 기억 때문에 여성학을 전공으
로 선택해서 공부하고 지금도 하게 된 거예요.

　제가 대학에서 가르치는 일을 하기 위해 이력서를 썼
는데, 그쪽에선 제가 왜 여성학을 선택했는지, 그런 스토
리를 좋아하지 않더라고요. 전공과 관련된 일인데도 말
이죠. 결국 이력서를 쓸 때마다 제가 했던 일을 맞지 않
는 틀에 끼워 넣어서 써야만 해요. 굉장히 자기계발적

스토리로, 맞지 않는 언어로 포장해서 억지로 써내는 게 고통스럽더라고요. 제가 했던 일을 제대로 의미화해서 이야기할 때 그걸 들어주는 곳이 참 없다는 생각을 굉장히 많이 했어요. 그런데 해외에서 이력서를 낼 때는 그런 걸 더 잘 물어봐줘요. 네가 했던 일들의 맥락이 무엇이냐, 네가 한 일들의 의미를 어떻게 생각하느냐 등등. 그런 경험을 하면서 올해 4월부터 독일에서 일하고 있는데 매일 아침 눈을 뜰 때면 내가 왜 여기에 와 있을까, 이 생각을 하고 있어요(웃음). 내가 누구한테 무슨 이야기를 하려고 여기에 와 있을까? 아직도 답을 찾고 있고 여전히 잘 모르겠어요.

요시카와 정의 셔벗

가람 대학 다닐 때 일본에 교환학생으로 간 적이 있어요. 지금까지 이름도 기억하는 '요시카와 정'이라는 프랑스 요리점이 있었어요. 거기서 아르바이트를 했는데 셰프님이 정말 산적같이 무섭게 생긴 분이셨어요. 일도 너무나 엄격하게 가르치고 청소도 심하게 시키고. 프랑스에 대한 모든 걸 그분한테 배운 것 같아요. 가게에서 일할 때 가장 좋았던 건, 손님들이 한번 몰아치고 나면 셰프님이 항상 직접 만든 셔벗이랑 커피를 끓여줬어요. 근데 그게 정말 맛있었어요. 그걸 먹으러 일을 가는 생각이 들 정도로(웃음). 그리고 일이 다 끝나면 자기가 직접 요리해서 우리 저녁을 먹였어요. 그게 아직도 너무나 기억에 남고…제가 그때 미식에 눈을 뜬 것 같아요. 그래서 같이 일할 때 일하는 사람을 잘 먹이는 게 얼마나 중요하고, 그 일터에 애정이 생기게 하는지를 배웠어요.

근데 그분이 화도 잘 냈어요. 한번은 그분이 정말 아끼던, 10년간 갖고 있던 커피잔을 제가 깼어요. 잘못했죠. 근데 제가 떨어뜨린 게 아니라 설거지를 하는데 잔이 오래되서 손잡이 부분이 그냥 뚝 떨어진 거예요. 저한테 힘을 너무 많이 줬다고 얼마나 화를 내시는지…. 제가 어색하면 웃는 버릇이 있어요. 근데 제가 그만 웃은 거예요. 웃었더니 웃었다고 또…. 다음 날 중요한 시험이 있는데 눈이 안 떠질 정도로 울었어요. 그래서 '혼날 때는 웃으면 안 되는구나.'를 배웠어요(웃음).

밥 잘 사주는 상사

영희 대학 때 과외를 하고, 버스 타고 집에 오다가 운 적이 있어요. 너무 배가 고파서(웃음). 온종일 바빠서 밥을 못 먹었어요. 제가 밥을 못 먹으면 기운이 달리거든요. 그날 과외를 끝내고 버스를 탔는데 의자에 앉자마자 너무 서러운 거예요. 눈물이 나더라고요. 지금도 눈물이 날려고 하네. 그래서 밥은 잘 먹고 일해야 해요(웃음).

그리고 한참 지나 노무사가 되고 난 후의 일이예요. 아주 '빡세게' 일하는 곳이었는데 그때 제 사수도 엄청 일 중독자였어요. 오후에 심문 회의가 열리는 날이라 아침 7시에 출근해서 그 준비를 하라더군요. 근데 밥을 안 먹어요, 그 사수가. 점심때가 됐는데도 밥 먹을 생각을 안 해요. '나는 배가 고픈데 왜 저러지?' 그러다 매점에서 '자유시간'을 사 먹는데, 사수가 "어휴, 이 와중에 그걸 먹냐?" 이러는 거예요. 제가 참 그분을 인간적으로 싫어하진 않았는데… 그때 좀 그랬죠.

밥을 잘 먹고 일했던 때가…대학 때 멕시칸 음식점에서 일한 적이 있었어요. 홀에서 일하다가 잘 못해서 주방으로 쫓겨났는데 주방장이 설거지 잘한다고 저를 예뻐했어요. 그런데 금방 망했어요. 마지막 날 거기서 제일 좋은 술, 코냑 같은 것도 꺼내고 주방장님이 엄청 맛있는 요리를 해주시고 같이 일하던 스태프들과 사장님하고 같이 쫑파티를 했어요. 고마웠죠. 일을 좀 그렇게 하면 좋을 텐데. '자유시간' 갖고 타박하던 사수하고 비교하면서, 그런 생각이 들었습니다.

문제는 나방이야

초연 저는 영화 작업을 하는 사람이라 영화 세트장에 처음 갔을 때가 생각이 나는데, 한국이 아니라 독일이었어요. 독일에서 7개월 정도 있다가 영화 학교에 지원해야겠다고 마음먹었어요. 그러자면 경험이 있어야 하니까 제가 가고 싶은 학교의 영화 세트장에 미술팀의 막내로 들어갔어요. 들어가자마자 담당 스태프가 "너 미술팀이야? 여기 공구를 맡아." 하고 공구함을 주는데 안에 들어 있는 공구들을 다 독일어로 알아야 하는 거예요. "이건 무슨 망치고 저건 무슨 망치고, 저 사람이 이 망치를 달라고 하면 이렇게 갖다주면 돼." 이걸 알아들은 게 지금도 너무 신기해요. 얼마나 엉망이었겠어요? 맨 마지막 날에는 스태프들이 전부 나에게 화가 난 건 아닐까, 생각하며 있었어요(웃음). 그때 감독이 저한테 오더니, 심각한 표정으로 "정말 중요한 일을 맡아줘야겠어." 하셨어요. 누아르풍의 영화를 찍고 있는데 제가 나방을 제시간에 날리는 일을 해야 한다는 거예요. 나방을 제대로 날리지 못하면 정말 날 미워하겠지, 그렇게 생각하면서 세 시간 동안 엄청나게 긴장해서 나방을 잡고 있었어요. 카메라가 이쪽에서 돌고 누아르풍 조명이 있고 저는 나방을 잡고 신호만 기다리고 있던 것이 기억나요(웃음).

그때 나방을 잘 날렸는지 기억도 안 날 만큼 긴장했었어요. 그리고 정말 마지막은 차 폭발 장면이었는데 그날은 안 갔어요(웃음). 지금 생각하면 너무나 힘들었던 것 같아요. 깨진 물건을 들고 있기도 하고 토사물도 만들고, 말도 안 통하는 데 그런 일들을 했어요. 제가 얼마나 바보같이 보였겠어요. 근데 그런 사람이 영화 세트장에서 어떤 마음으로 일하고 있는지는 절절히 느꼈던 것 같아요.

어린이집 과학 실험

아사   살면서 자격증 같은 것이 필요해서 준비했던 것들이 몇 가지 있어요. 그중 하나가 식생활교육 강사 자격증. 그때는 제가 생활협동조합 지부에서 활동하고 있을 땐데, 한번은 어린이집에서 강의 요청이 들어왔어요. 12개월 된 돌쟁이 애들이랑 두세 살, 이런 애들한테 교육이 필요하대요. 어린이집에서 부모들한테 보여주고 싶었던 것 같아요. 어떻게 해야 하나? 막막했지만 그래도 갔어요. 가니까 애들은 기저귀 차고 기어다니고 있고, 선생님들 몇 분이 같이 계시고 그런 상황이었어요.

제가 준비해 간 건 당도 실험이었어요. 우리가 마시는 음료에 설탕이 많이 들어가잖아요. 이온 음료에 설탕 많이 든 거 아세요? 마시면 그리 달지 않잖아요. 그런데 상상 이상으로 많이 들어가요. 이온 음료나 오렌지 주스에 토마토를 넣으면 설탕 함량이 높아서 토마토가 떠요. 아이들에게 보여줄 건 맹물에다가 방울토마토를 띄우는 거였어요. 뜨게 하려고 설탕을 넣어요. 그런데 돌쟁이들이 뭘 알겠어요? 아기들은 앞에 있는 사람이 뭘 하는지도 모르고 진짜 정신없는 상황이었지만 일단 하려던 건

다 하고 왔어요. 하지만 이게 정말 내가 해야 하는 일인
가 하는 생각이 들었죠. 이건 아닌데…하다가 결국 그
만뒀어요.

사실 살면서 여러 가지 필요에 의해서 딴 자격증들이
있기는 하지만 과연 내가 사는 데, 앞으로의 일들에 도
움이 될지 모르겠어요.

아버지와 밤바다

꽃바람

제 고향이 완도, 섬이에요. 거기선 가을에 김 양식을 위한 농사가 시작돼요. 김이 자라게 될 그물들을 바다에 펼치는 작업을 집집마다 하는 거죠. 그 시기에 제가 회사도 그만두고 아직 결혼하기 전이고 애매한 상태에 있으니까 부모님이 절 부르셨어요. 일을 좀 도우라고. 나중에 알고 보니까 그 일이 일당 십만 원이더라고요. 날씨가 좋으면 한 열흘쯤 걸려요. 전 딱히 거절할 이유가 없어서 내려갔어요.

새벽에 기다란 대나무들이 촘촘히 묶여 있는 엄청 무거운 그물을 돌돌 말아 배에 싣고 나가서 바다에 펴는 거예요. 그런 그물이 백 개가 넘었어요. 엄마, 아빠, 나 셋이서 하는데 바다에는 조수간만이 있으니까 파도가 밀려오고 밀려가는 와중에 그물을 바다에 고정해야 해요. 이건 진짜 바닷물과 싸우는 일이에요. 힘써야 하는 일이 되게 많아요. 새벽 6시에 나가서 배에서 새참 먹고 점심 먹기 전 1시나 2시 정도에 들어와요. 완전 힘들죠. 그렇게 나갔다 집에 와서 자고, 다음 날 아침 일어나서 또 나가고. 그때는 진짜 아무 생각이 안 들었어요. 보통 결혼을 앞두고 뭔가 마음이 복잡하잖아요? 그럴 겨를이 없었어요(웃음).

일주일 정도 하고 나니 '아, 이걸 평생 하진 못하겠다.'라는 생각이 들었어요. 근데 엄마와 아빠는 평생 해온 일이잖아요. 매일은 아니지만 어쨌든 그 일로 삶을 꾸려 오신 분들이시니까. '어떻게 하면 저런 경지에 이르는 걸까?' 이런 생각을 했어요. 또 일할 때 간간이 느꼈던 삶의 지혜 같은 것도 있었어요. 파도는 왔다 가는데 그 리듬을 읽어야 일이 수월해요. 밀려가는 걸 굳이 잡아당기면 안 되는 거예요. "흐름을 봐라." "잠깐 기다려보고 해라." 이런 코칭들이 생각나요. 그렇게 열흘을 하고 나니 정신이 아주 맑아졌어요.

또 그때가 아마 9월 말 즈음이었던 것 같아요. 추석이 가까워지면서 날씨가 너무 좋았어요. 그런데 동네 어디선가 갈치가 들어왔다는 거예요. 일은 어느 정도 했으니까 아빠가 "우리도 갈치 낚시를 가자."고 하셨어요. 갈치 낚시는 밤에 가요. 캄캄한 밤에 배를 타고 바다 한가운데로 나가서 갈치를 낚아 올리죠. 줄낚시처럼 뱃전에 앉아서 낚싯대를 드리우고 이렇게 흔들고 있으면 갈치가 물리는 느낌이 와요. 그때 끌어올리면 살아 있는 갈치가 은박지처럼 보여요. 지느러미가 물결치는 게 너무 예뻐요. 먹기 아까울 정도로. 그 은색 비늘만 긁어서 뭔가만들고 싶을 정도로 예뻐요. 그때가 추석 무렵이라 달이 크니까 만조였어요. 영화 〈라이프 오브 파이〉 보면 물이 형광으로 빛나는 장면이 있잖아요. 그날이 그런 날이었어요. 갈치를 들어 올리면 툭툭 떨어진 물이 형광으로 빛나며 바다로 퍼지는 거예요. 저는 스무 살 때까지 섬에 살았는데도 너무 신기한데, 아빠는 대수롭지 않다는 듯무뚝뚝하게 배를 모시고. 그날 갈치를 많이 낚았어요. 그러면서 물고기들을 따라 배로 죽 멀리멀리 바다로 나

갔어요.

　그런데 어느 순간 고개를 들어보니까 사방에 불빛이 안 보여요. 멀리 섬들의 실루엣만 보일 뿐 아무 불빛도 없으니까 덜컥 무서워졌어요. "아빠 집에 가자." 그러니까, 아빠도 제 마음을 아셨는지 무섭냐고 대뜸 물어보시더군요. 고개를 끄덕였더니 피식 웃으시더니 배를 돌리셨어요. 나중에 엄마한테 얘기를 하니까 뭐가 무섭냐고 "아빠가 옆에 있는데!" 하셨어요. 사실은 그렇죠. 아빠는 평생 배를 몰아온 사람이고 바다도 잔잔했고, 기름도 있고, 저쪽에 섬도 보이고. 근데 저는 진짜로 무서웠어요. 아빠가 옆에 있고 없고를 떠나서. 괜찮다는 걸 알고 있어도 사방이 깜깜하고 바다가 출렁이는 느낌이 많이 무서웠어요. 그걸 제대로 내색은 못 하고 가자고만 한 거죠. 그 물빛, 그 작업들, 갈치 이런 것들이, 그리고 며칠 육체적으로 했던 일들이 지금도 간혹 생각이 나요. 그렇게 몸을 써서 일했던 기억이 그때 말고는 사실 없거든요. 그래서 '아 그래, 그런 기억들이 오래 남는구나, 적당하게 몸을 쓰는 게 필요하다.' 하는 생각이 들고 요즘도 몸 쓰는 일을 좀 하고 싶어요. 텃밭을 해볼까? 이런 생각도 하고요.

어떤 날, 어떤 순간
일터에서 있었던 한 장면은?

_____

_____

_____

_____

_____

_____

_____

_____

_____

_____

_____

_____

_____

_____

_____

0 일터에서의 어떤 하루, 어떤 장면을 떠올려
영화의 한 장면처럼 그 장면을 묘사한다.
당시 공간, 계절, 입은 옷, 소리나 냄새들까지 꼼꼼하게 기록한다.
그 장면에 짧은 제목을 붙여 메모한다.
첫 번째 장에서 쓴 열 개의 사회적 프로필 사이에
연대기순으로 배치한다.

1

_____

_____

_____

2

_____

_____

_____

3

_____

_____

_____

4

_____

_____

_____

삽질의 기억

Q 내가 그때 왜 그랬지,
하는 시간이 있다면?

이력서에 적지 못한 시간들이 있습니다.

시간을 낭비했다고 후회하고 실패했다고 여겨지는

경험들이 있습니다.

세 번째 장은 이를 기록하는 작업입니다.

삽질의 시간 또한 사회적 경력만큼

나를 만들어온 경험입니다.

블랙 코미디

초연

제가 일을 시작한 곳이 여성 문화예술을 기획하는 곳이었어요. 대학을 졸업하기 전에 거기서 표 검수하는 일로 시작했다가 막내 간사가 되었어요. 근데 제가 일머리가 너무 없었던 것도 있었고요. 활동가의 삶이라는 게 다 굉장히 열악하잖아요. 월급은 계속 밀리고…. 그런데 너무 편한 거예요. 언니들하고 일하다가 같이 담배를 피우기도 하고, 그런 곳이거든요. 그런 것들이 너무나 좋았는데 경제적인 문제가 해결이 안 돼서 그만두게 되었죠. 제 입장에선 이제 진짜 세상으로 나온 셈이었는데 거기가 바로 학원이었어요. 학원은 돈은 좀 더 주는데 다른 부분에선 더 열악했어요. 나름대로 직장이라는 곳이 4대 보험이 안 되는 걸 너무 자랑스럽게 얘기하더라고요. 물어보지 않으면 아예 말도 안 해주고 계약서 같은 것도 저 시작할 때는 없었어요. 그리고 입시나 토플, 점수 많이 받는 법을 가르치는 거였고요. 너무 힘들어서, 너무 다른 두 개의 세계에서 부딪히다 보니까 돌파구를 찾지 못해서 독일에 갔어요.

독일에 갔는데 거기는 또 다른 세상인 거예요. 여긴 천국인가?(웃음) 이렇게 생각하다가도 인종차별을 겪으면 여기 장난 아니구나 싶게 힘들고. 거기서 살았던 집들이 생각나요. 노동하긴 싫고 집세라도 아끼겠다고 스쿼터squatter, 불법 거주자들이 사는 집엘 갔어요. 거기도 인터뷰를 해서 들어가요. "나는 동양에서 온 여성이니까 받아줘야 해."라고 우겨서 들어갔는데 거기 펑크족들이 엄청 무서워요. 하지만 영화 〈E.T.〉 같은 거 보면서 울 정도로 속내는 또 여리고(웃음). 또 제가 거기 살던 90년대 말에서 2000년대 초에는 그런 곳들을 하나씩 없애고 있을 때여서 일주일에 한 번씩 대책 회의를 해요. 그런데 의견을 말하지 않으면 안 돼요. 나는 거기가 어딘지도 잘 모르는데(웃음). 공짜는 아니지만 집세는 되게 쌌어요. 전기세 같은 공과금으로 한 달에 80유로 내고 1년 동안 살았어요. 살면서 나름 친구도 사귀고 이야기도 들어주고 그러다가 이사를 했죠. 도저히 못 살겠다, 나는 여기 어울리지 않아, 나는 어울리는 곳이 없는 것 같아(웃음), 하면서요.

그 스쿼터들이 사는 집 밑에 바bar가 있어요. 거기서 살려면 그 바에서 일을 해야 해요. 맥주 값도 다 꿰고 있어야 하고 펑크족 같은 무서운 애들도 상대해야 하고. 바에서 일하며 청소도 했는데 제가 진짜 못하거든요. 문손잡이에 지문이 남으면 안 되는데 저는 지문이 항상 남았어요(웃음). 그래서 잘리고. 웨이트리스 같은 걸 하면 주인이 저한테 "차라리 내가 너에게 다른 일을 소개해주면 안 되겠니?" 그래요. 제가 일을 너무 못하니까. 그래도 살아남으려고 도박중독인 주방장한테 일종의 뇌물처럼 돈도 빌려줬어요. 안 주면 잘리니까. 근데 결국 그 사람이 돈을 돌려준 건 저밖에 없어요. 다른 사람들 돈은 다 떼먹고 도망갔는데 저한테는 돈을 보냈더라고요. 제가 얼마나 절박했는지 알았던 것 같아요.

한국에 돌아와 다시 영어 강사를 했죠. 계속 이런 식으로 전전하면서 살았어요. 어느 날은 영어 강사로 애들한테 토플을 가르쳐야 하고, 그 다음 날은 또 다른 일을 해야 하고. 지금도 그렇게 사는 것 같아요. 시나리오를 쓴다고 책상에 앉아 있다가 다음 날에는 학원에 나가는 이런 삶을요.

그런데 뭐랄까, 이 중에 좋았던 일들은 하나도 없었어요. 그런데 다시 되돌아보니까 이런 일들이 저를 만들어 온 것 같아요. 어디서든 다 살아남아요. 그리고 빠져나가요(웃음). 지금도 앞으로 어떻게 될지는 잘 몰라요. 영화를 계속할 수 있을지도 사실 잘 모르겠고요. 학원 원장은 "이쪽에서 이만큼 일했으면 문법을 제대로 가르쳐야지." 그러더라고요. 뭐, 제가 그렇긴 하죠(웃음). 근데 도저히 못 가르치겠어요. 문법의 시스템을 이해할 수가 없어요. 뭐 하나 제대로 하는 건 없는 것 같아요. 그래도 어찌어찌해서 이렇게 살아남고(웃음). 그렇습니다. 저의 삶은 여태껏 그랬네요.

번아웃

나윤

일이라는 것 자체가 저한테 되게 중요했어요. 어찌 보면 저의 정체성을 구성하는? 그래서 일 잘한다는 소리를 듣기 위해서 별짓을 다 하면서 살았던 것 같아요. 능력 있다, 일 잘한다, 그게 제가 추구했던 가장 큰 목표였고, 이를 위해서는 건강이고 뭐고 다 팽개치고 미친 듯이 일을 했던 시기가 꽤 있었어요.

일이 왜 이렇게 중요했을까 생각을 해보니까, 제가 셋째 딸이에요. 못사는 집의 셋째고 아버지가 아주 보수적인 경상도 분이신데, 낳지 말았어야 할 딸이었던 거죠. 원래 낙태를 종용받았는데 저의 외할머니, 제 인생사에서 가장 중요한 외할머니가 "낳아라, 아들이다. 딸이면 내가 키우겠다." 이렇게 나오셨어요. 할머니가 이북에서 혈혈단신 내려오셔서 시장에서 장사하면서 엄청난 생활력으로 딸을 키우고 집을 마련한 분이라 그런 배포가 있으셨어요. 사위한테 당당하게 낳으라고 해서 낳은 애가 저였어요. 낳아보니 딸이었던 거죠.

아무튼 그런 과정 때문에 저는 은연중에 내가 세상에 존재해야 하는 이유를 끊임없이 증명해야 한다는 강박감이 있었던 것 같아요. 어렸을 때는 그게 학업 성적이었어요. 누가 가르쳐주기 전에 한글도 떼고 영특하다는 소리를 듣기도 했지만 지금 생각해보면 공부를 꼭 일하듯이 했어요. 어떤 대학을 가야겠다, 이런 정도가 아니라 그냥 공부해야 하는 거예요. 공부를 잘한다는 것 자체가 제 정체성에 중요했기 때문에. 집에 없어도 되는 셋째 딸이 아니라 '누구네 공부 잘하는 딸' 이렇게 불리는 게 아주 중요했어요. 사회생활할 때도 일 잘한다는 소리를 듣기 위해 악착같이 하고, 못한다는 소리를 듣는 건 죽기보다 싫었고. 그래서 뭔가 새로운 일을 맡으면 그걸 잘하기까지 엄청난 스트레스를 받으면서 수많은 노력과 시간을 들였어요. 겉으로는 원래 잘하는 척하고. 밤 새워 공부하고서는 "나, 공부 안 했어." 그런 식으로 살 았던 거예요(웃음).

'일 잘한다'는 소리가 도대체 나한테 뭘 의미하는지를 아주 크게 깨달은 시기가 있었어요. 그게 해고 사유가 됐던 적이 있어요. 꽤 큰 산학 프로젝트였어요. 교수들은 공동 책임제 이런 식으로 이름만 걸고 저는 2년 동안 기 간제 연구원으로 대학에 파견을 가서 초기 기획부터 제 안서, 발표까지 다 했어요. 엄청 열심히 일했어요, 건강 에 문제가 생길 정도로 심하게. 열다섯 개 창업팀을 관 리하면서 국제포럼을 혼자 다 준비하고, 온갖 종류의 교 수들 뒤치다꺼리를 하고. 1년을 진짜 초인적인 힘으로 버 텼는데… 어느 날 저를 고용했던 교수가 뜬금없이 밤에 문자를 보내서 내일 아침 일찍 자기 연구실로 오라는 거 예요. 감이 이상했죠. 아침 8시에 갔더니 내일부터 안 나 와도 된다, 해고라고 하더군요. 너무 황당했죠. 무슨 이 유로 그러시냐고 물어보니 "일을 너무 잘해서 재수가 없 어." 딱 이러는 거예요. 두 번째 말은 "너, 나 때문에 먹고 살면서 왜 그렇게 교수에 대한 존경심이 없어?" 하더군요. 순간 머리가 띵했죠. '이게 뭐지? 이게 현실이야?' 그래도 약간 훈련을 받은 건 있어서 "교수님, 해고도 명확한 사유가 있어야죠. 이렇게 하시는 건 부당해고고 저는 받아들일 수 없습니다."라고 했죠. 나중에 들었어요. 한번은 교수 회의에 저를 대동해서 갔는데 총장님 앞에서 자기가 설명 못 하고 내가 그걸 받아서 했던 게 너무 자존심이 상했던 거예요.

근데 결정적으로 뒤통수를 맞은 건, 제가 원래 있었던 회사 대표한테 이런 일이 있었고 부당해고를 당했다고 하자 그 사람의 첫 말이 "네가 뭘 잘못했냐?"였어요. 첫 번째보다 두 번째가 더 충격이었어요. 이런저런 상황을 다 얘기했고 그날 녹음한 것까지 들려줬는데도. 나중엔 회사 대표가 저한테 문제 삼지 말라고 하더라고요. 그 과정에서 제가 정신을 놓을 만큼 상처를 많이 받았어요. 너무 큰 균열이 간 거죠. 제가 그동안 일해왔던 방식과 그 시간과 비전이나 리더에 대한 존경 등 모두가 한꺼번에 무너졌어요. 일 잘한다는 얘기를 듣기 위해서 내가 지금까지 무슨 짓을 하고 있었는지에 대한 쇼크였어요. 어쨌든 둘 다 그만뒀어요. 원래 학교 프로젝트가 끝나면 회사로 돌아가는 조건이었는데 더는 그 회사 대표 밑에서 일을 할 수가 없었어요.

그걸 기점으로 조금씩 바뀌었어요. 자기 착취에 가까울 정도로 공식적, 비공식적인 일들을 가리지 않고 하고 이를 보상받지 못하면 자존감이 바닥을 치고. 가장 최근에 내린 결론이, 어떻게 보면 굉장한 자산일 수도 있는데, 이렇게 계속 자신을 착취하며 일하는 게 맞을까? 그럼 덜 착취당하고 스스로 돈도 벌 수 있는 무언가를 하는 것이 맞겠다. 지금 하는 일이 그런 전환의 과정인 것 같아요. 어차피 열심히 할 거면 나의 비즈니스를 하면 되고. 나의 헌신이나 열과 성의를 다 바쳐서 서비스를 제공할 대상을 내가 선택하면 되지 않을까? 그렇게 조금씩 전환하면서 지금까지 오고 있어요.

**내가 그때 왜 그랬지,
하는 시간이 있다면?**

_____

_____

_____

_____

_____

_____

_____

_____

_____

_____

_____

_____

_____

_____

_____

_____

_____

0 살면서 해왔던 삽질들의 목록을 작성하고 연대기순으로 정리한다.
그 일들의 전모를 기록하고 제목을 붙인다.
그 일을 통해 잃은 것과 얻은 것들을 기록한다.

1

2

3

4

삽질의 기억

인연 또는 악연

내 최고의 스펙

어떤 하루

경력과 경험 사이

나의 연대기

내 일의 키워드

일의 변곡점

Q 나에게 길을 열어준
인연이 있다면?

일하면서, 살면서 마주했던 인연들이 있습니다.

나에게 길을 열어준 소중한 인연들, 고난의 시간을 갖게 한

악연들, 또 그때는 힘들었지만 지나고 나니 어떤 계기가

되어준 인연도 있습니다.

네 번째 장은 살아오면서 맺어진 인연들과

관계들의 흐름을 정리해보는 작업입니다.

삶이란 즉흥연주

이주영

대학을 졸업하고 특별히 하는 일 없이 음악한다고 돌아다니다가 처음으로 찾은 돈벌이가 채보였어요. 채보 알바를 16년을 했어요. 16년간 했으니 채보의 달인이죠. 그래도 그만두고 나니 1년 만에 프로그램 사용법을 다 잊어버리더라고요. 회사가 망해서 한 번 회사를 옮겼는데 스쳐간 담당자들은 다 괜찮았어요. 재택근무라서 불편한 것도 없었고 친절했어요.

돈벌이는 그거였고 그럼 음악을 했나, 생각하면 음악을 한 건지 안 한 건지. 세상에 컴퓨터 음악이 없었을 때 태어났다면 지금쯤 10집도 냈을지 모르는데⋯나랑 안 맞는 미디MIDI 하기 싫어서 드라마만 보면서 십수 년을 살았어요.

2005년 클럽 '빵'에서 오디션을 보고 그 후로 거기서 띄엄띄엄 공연하고 있어요. 남들은 다른 클럽에도 서고 앨범도 내고 있는데 저는 계속 '빵'에서만 공연을 하거나 쉬거나 하는 삶을 살았어요. 완벽주의자라서 그런 거래요. 정말일까요? 나이가 드니 왜 그랬는지 알 것 같아요. 저는 하나를 선택하기엔 너무나 즉흥적인 사람이에요. 완벽주의와 즉흥성은 애초에 같이 갈 수 없는 말이라는 걸 알게 되고, 그러나 그것이 같은 말이기도 하다는 걸 알게 되고, 내가 어떤 종류의 인간인지 알게 되는 나이듦이 저에게는 축복이에요.

중간에 밴드도 했는데 지금은 잠시 쉬고 있지만 계속할 거예요. '말 없는 라디오'라는 여성주의 밴드예요. 대학 다닐 때도 여성주의 밴드를 했었는데 그땐 그게 뭔지 설명을 못 했어요. 무엇을 기준으로 여성주의 밴드라고 하는지 중심을 잡지 못했거든요. 지금은 알지만 설명하긴 그래요. 제가 특별한 사람이라고 자랑하는 것 같아서요. 제 음악 파트너는 저에게 둘도 없는 귀인이죠. 제가 유일하게 같이 음악하자고 매달린 사람입니다. 그가 만든 음악을 듣고 완전히 반했어요. 멜로디, 편곡, 가사 모든 것이 좋았지만 뭔가에 반하는 제일 중요한 이유는 가슴을 움직이는 거잖아요. 분명히 느꼈어요. 이 사람이 다! 여전히 저에게는 최고의 귀인. 너무 바빠서 같이 음악할 시간도 모자란 나의 귀인. 우리 밴드의 노래는 자신이 좋은 사람이라는 느낌을 줍니다. 언젠가 많은 사람이 들었으면 좋겠어요.

2012년엔 누가 살림의료사협회 소모임의 기타 레슨을 해보겠냐고 하더라고요. 저는 기타 연주는 잘 못해요. 그리고 다른 악기는 어렸을 때부터 오래 해와서 그냥 몸에 배어 있어서 오히려 잘 가르칠 수가 없더라고요. 그런데 그냥 친구의 장지에서 돌아오는 버스 안에서 불쑥 하겠다고 했어요. 정말 뭐라도 하고 싶었거든요. 이렇게 가만히 있지 말고 뭐라도 내가 나눌 수 있는 게 있다면 용기 내보고 싶었어요. 그 귀인은 저의 인생을 많이 바꿔 놓았어요. 그 후 6년간 정기적으로 사람들을 만났습니다. 또 그 인연이 저를 여기까지 데려왔죠. 잘 나갈 때는 다섯 그룹이 있었어요. 전 제가 150만 원이나 벌 수 있다는 것에 충격을 받았어요. '그 많은 돈으로 대체 뭘 하지' 하는 생각도 했어요. 하지만 금방 120이 되고 90이 되더라고요. 그래서 60을 벌고 있는 지금이 편안합니다. 줄어들까 봐 전전긍긍하지 않아도 되고요. 그 외에도 부수입들이 있는데 그건 2014년에 우연히 듣게 된 즉흥연극 워크숍이 인연이 됐어요.

동네에서 즉흥연극 워크숍을 한다고 해서 재미 있을 것 같아 신청했어요. 그때 잠시 악사를 맡았던 것이 인연이 되어 몇 년 후에 연주 섭외를 받았습니다. 저를 잊지 않고 기억해준 그분이 귀인이네요. 저는 '목요일오후한시'라는 즉흥연극 극단에서 임시 악사를 하게 됐어요. 즉흥연주는 저에게 딱 맞더군요. 눈 감고도 할 수 있는 최적의 일을 찾았어요. 몇 년간 같이 일하다가 3년 전엔 아예 극단의 멤버가 되었습니다. 이 극단에 들어가지 않을 수가 없었어요. 이들의 연극을 보고 있으면 너무 마음이 뜨거워져서….

귀인이 귀인을 만나게 하고, 귀인을 만나게 하는 삶을 살아온 저는 정말 복 받은 사람이네요. 여기에 오게 된 것도 그렇습니다. 이런 인연들이 자신을 더 돌아보고 싶게 하더군요. 여기 강사님들이 만든 영화가 머뭇거리던 저를 이곳으로 확 이끌었습니다.

2013년에 〈왕자가 된 소녀들〉을 보고 저는 꿈이 하나 생겼어요. 국극 배우가 되는 꿈인데 국극 공연도 두어 번 찾아가 보고 그랬어요. 처음엔 50대가 되면 해야지 생각했는데 말이 안 되네요. 창도 몸짓도 어설픈 주제에 50대로 미루다니. 하지만 50대도 얼마 안 남았네요. 그 다큐멘터리는 저에게 배우의 꿈을 꾸게 해주었습니다. 그 꿈이 많은 곳을 찾아가게 하고, 극단에 들어가게 하고, 좋은 사람들을 만나게 하고, 좋은 사람들과 뭔가를 하고 싶게 하고, 내가 가진 것을 나누고 싶게 했습니다.

2015년에는 또 어떤 귀인과 인연이 닿아 한 장애여성 학교에서 음악반 수업을 했어요. 그 인연이 4년째 이어 져 작년엔 '한 사람을 위한 노래'라는 주제로 각자의 주제곡을 만들어 보기도 했어요. 올해는 우리 스타일로 뮤지컬도 만들 생각이에요.

저는 그냥저냥 흘러가는 대로 살고 있는데 자꾸 귀인을 만납니다. 누군가 그러더라고요. 제가 원하는 곳으로 스스로 찾아간 거라고. 어쩌다 보니 악인보다는 귀인을 만나온 저의 삶. 이게 모두 저의 선택이었다고 하기엔 너무 좋은 조건들이 갖춰져 있었어요. 그러면 이런 좋은 조건을 만들어 준 부모님께 감사드려야 하는 걸까요. 그렇다면 저에겐 귀인과 악인이 모두 엄마와 연결되어 있어요. 별별 생각이 다 나네요.

엄마는 저에게 늘 "Do your best!"라고 외쳤어요. 4살 때부터 피아노를 가르쳤고 집에 온갖 선생님들을 부르셨고…저는 결국 엄마가 원하는 대학의 음대를 졸업했죠. 그도 모자라 엄마는 삼계탕집에서 우연히 만난 김창완 씨에게 제 프로필을 읊으며 전화를 부탁했어요. 저는 김창완 씨의 전화도 받아보고 남궁연 씨의 전화도 받아본 사람입니다. "어머니 부탁으로 전화했는데요."라고.

며칠 전엔 엄마에게 아너스 물걸레 청소기를 보냈어요. 내가 아는 좋은 것들 다 보내려고 해요. 조만간 에어 프라이어도 보낼 생각이에요. 에어프라이어는 트위터의 귀인들이 알려주었습니다.

나에게 길을 열어준
인연이 있다면?

_____

_____

_____

_____

_____

_____

_____

_____

_____

_____

_____

_____

_____

_____

_____

_____

0 살면서 만난 귀인, 악인들의 목록을 작성하고 그 이유를 기록한다.
일터에서 만난 사람들을 유형별로 정리한다.
연인들, 내 연애의 역사를 기록한다.
가족들과의 관계를 연대기별로 정리한다.

1

_____

_____

_____

2

_____

_____

_____

3

_____

_____

_____

4

_____

_____

_____

Q 돈을 받지 않고
자신이 많이,
그리고 자주 해온 일은
무엇입니까?

임금으로 환원되지 않는 일, 사회에서 경력으로

인정해주지 않는 영역의 일들은 '일'이 아닌 걸까요?

돈을 받지는 않았지만 오랫동안 자주, 많이 해온 일들이

무엇인지 떠올려 봅니다. 지인들의 고민 상담, 육아,

모임 운영 등 사회에서 경력으로 인정해주지 않지만

많은 경험을 했던 일이 있다면?

다섯 번째 장은 자신만의 프로필을 만들기 위해

경험을 재정비하는 작업입니다.

호박볶음의 내력

유이

저는 농사나 좋아하는 일이 현재 활동과 연결되는 부분에 관해서 얘기할게요. 아까 점심에 먹은 호박볶음은 우리 집에서 어렸을 때 해 먹던 식인데요. 아주 간단한데 그렇게 해 먹는 데가 별로 없어서 사람들이 많이 궁금해하더라고요. 저는 고향이 이태원이에요. 어머니도 이태원에서 나시고 아버지는 서빙고에서 태어나셨어요. 어릴 적 우리 집에 밭이 있었어요, 호박밭. 전업농은 아니었고 저희 외가가 농사를 지었대요. 올해 제가 농사 학교에 다니니까 엄마가 "농사꾼의 자손 아니랄까 봐 거기 다니냐?" 하셔서 알게 됐어요. 예전에 과수원 했다는 건 알고 있었는데, 좀 더 자세히 물었죠. 엄마 어렸을 때는 시금치 농사도 짓고, 그걸 밭에 오는 사람들에게 팔기도 하셨대요. 겨울에 시금치 씻느라 고생한 이야기를 하시더라고요. 저 어릴 적엔 할머니가 애호박 농사도 조금 지으셔서 주로 동네 시장 채소 가게에 맡기시곤 했는데 많은 양은 아니에요. 그즈음 제가 채소 가게에 호박 배달했던 일이 기억나요. 그리고 동네 근처, 녹사평역 인근에 큰 고물상이 있었어요. 지금은 수입차 대리점으로 바뀌었는데 그 고물상에 빈 병을 넘긴 것이 최초의 용돈벌이, 최초의 임금 노동이었죠(웃음).

쭉 이어져온 게 또 하나 있는데 뭐냐면 어렸을 때 집에 가마솥이 하나 있었어요. 연탄 아궁이도 있었고 석유 풍로도 있었고. 가마솥은 1년에 한 번 메주 쑬 때 사용하는 솥이에요. 전에 '또하나의문화(이하 또문)'에서 어린이 캠프 할 때 제가 가마솥에 몇십 인분의 밥을 지은 적이 있는데, 어릴 때 본 기억이 있어서 단번에 성공했어요. 그렇게 연결이 되고요. 아까 호박도 지금까지 이어져서 호박잎 쌈, 호박죽 등 호박 요리를 잘하고 잘 먹고. 오늘 점심에 함께 만들어 먹은 호박볶음도 제가 굉장히 좋아하는데, 엄마의 친할머니도 그걸 좋아하셨다는 거예요. 그게 오늘의 식탁에 이르렀던 거고.

어쨌든 일이라고 할 때, 돈 받고 하는 일만 일인가 하면 그건 아닌 것 같아요. 요새 내가 하는 일에는 놀이가 섞여 있어요. 그래서 일이란 곧 사는 것이라는 생각을 해요. 그게 벌이가 되기도 하고 안 되기도 하고. 오늘 점심을 준비하게 된 것도 그래요. 우리 집이 대가족이어서 명절에 인사 오는 친척들이 많았고, 심부름과 설거지를 해야 했어요. 옛날 구식 부엌이니까 특히 겨울에 설거지하는 게 힘들었죠. 사람들이 어릴 적에 저보고 부잣집 맏며느릿감이라고 했어요. 그게 너무 싫었어요. 속으로 '나는 절대 맏며느리가 되지 않을 거야.' 했죠. 내가 그런 자리에 가면 진짜 열심히 할 것 같았거든요(웃음). 나는 한 가족을 위해 그런 일을 하진 않겠다고 생각을 했는데, '또문'에서 일하면서 혈연관계가 아닌 큰 단위의 사람들을 위해서 밥할 때면 되게 즐겁고 잘하는 거예요. 어린이 캠프에서 몇십 인분의 음식을 했던 기억도 그렇고요. 강화도에서 '우리동네사람들귀촌을 꿈꾸는 청년들이 모여 만든 주거·생활 공동체'이랑 논농사 체험을 했는데 거기서도 점심

당번을 했어요. 제가 채식을 해서 밥 당번 자원을 하곤 해요. 조리 과정에 채식을 반영할 수 있도록. 그래서 오늘도 업소용 압력솥에 밥을 쉽게 지을 수 있었고요. 또 책 만드는 일을 하면서 컴퓨터 앞에서 작업하다가 점심 시간이면 밥을 해 먹었죠. 그동안 거쳐온 '또문' 공간에는 크든 작든 주방이 딸려 있었어요. 낮에 한 시간 내지 한 시간 반 동안 밥을 해 먹는 일은 새로운 시간과 공간을 마주하는, 시공간이 다른 식으로 배치되는 경험이었어요. 그걸 한 이십여 년 넘게 한 셈이죠. 취미로 요리 채널이나 요리 잡지를 보는 습관도 있고 그게 또 자연스럽게 먹는 거로 연결되고요.

'또문'에서 한 달에 한 번 채식 밥상을 열다 보니 종강이나 수료식 때 먹을 것 좀 준비해달라는 요청이 들어오기도 하고. 텃밭 작물을 새롭게 요리하는 방법을 개발하거나 채소나 과일을 통째로 먹는 방법도 고민하고. 오늘도 그런 것들이 이어진 건데 이게 놀이이기도 하고 일과 관련되기도 해서, 먹는 것과 관련된 것 위주로 한번 정리를 해봤어요.

그리고 오늘의 불안

가람

대학교 때 보험 관련 설문 아르바이트를 한 적이 있어요. 장당 천 원씩 받는 알바였어요. 첫날 네 시간 일했는데 겨우 네 장 했어요. 사람들이 설문을 잘 안 해줘요. 그날 일당 안 받기로 하고 짜장면 시켜주는 것 먹고 그만뒀어요(웃음). 그게 갑자기 기억이 나더라고요. 그때 '네 시간이나 일했는데 왜 나한테 이것밖에 안 주지?' 그런 생각을 했어요. 그게 실적주의의 한계이기도 하고 한국 사회의 부조리함을 보여주는 것 같기도 하고 그랬던 것 같아요.

이게 왜 떠올랐을까 생각해보니, 제가 최근에 타로점

을 봤는데 사람의 뒷모습이 있고 그 사람이 깡마른 나무를 안고 있는 그림이 나왔어요. 나무에 가려서 앞이 안 보이는 카드였어요. 그래서 그런지 요즘 일을 되게 많이 하고 있는데 뭔가 주어지는 게 없는 느낌? 그게 큰 것 같아요.

제가 다큐멘터리를 만들고 있는데⋯어떤 생존의 가능성, 이런 것들을 많이 고민해요. 작업이 돈이 안 되니 고민이 더 많고. 또 프리랜서의 삶이라는 게 일이 들어왔을 때 거절을 잘 못 해요. 어떻게 될지 모르니까 일단 들어오는 일들을 다 받게 되고. 그러니 스케줄이 너무 많았다가 하나도 없다가. 이런 불안정함이 저를 되게 옥죄는 것 같아요.

제가 다큐 작업을 서른에 시작했기 때문에 그동안 만족도가 아주 높았어요. 내가 하고 싶은 일을 늦었지만 찾았고, 재밌고 너무 신났어요. 그런데 이제 거의 8년이 지나고 나니까 좀 힘들고 '어떻게 해야 되지?' 이런 생각이 요즘 많이 들어요.

일이라는 경계

현경

　제 키워드 중에서 '인터뷰'라는 게 있어요. 2002년에 석사 논문 쓰느라고 인터뷰를 많이 했고, 그다음 2007년에서 2011년까지 다큐멘터리 영화 만드는 일에 참여하면서 인터뷰를 자주 진행했고, 2012년에서 2013년 사이에 박사 논문 쓰면서 또 인터뷰를 많이 했어요. 그런데 인터뷰를 제 일하고 연관 지어서 생각해보는 건 이번이 처음이네요.

　저는…제가 하는 일이 다 저를 스쳐 지나가면서 제가 변화하고 성장하고 그러는 것 같아요. 인터뷰하는 사람들의 이야기가 제 안에서 어떤 화학 작용을 하고 제가 그걸 해석하는 과정이 있고 그 결과물들이 논문으로, 영화로 나오는 거죠. 그 와중에 돈도 제 몸을 스쳐…정말 축적되지 않는, 절대 축적되지 않는 '스트리밍 라이프'(웃음). 아무튼 꼭 공부 같은 게 아니더라도 인터뷰하려면 해야 할 일이 많잖아요? 자료 조사도 하고 연락도 해야 하고, 누구한테 연락을 부탁하기도 하고, 또 만나러 가고, 만나러 갈 때도 이것저것 준비도 해야 하고, 그리고 인터뷰 과정에서 '이게 잘하고 있는 걸까?' 고민도 하고, 돌아와서 인터뷰를 '왜 이따위로밖에 못 했을까?' 자책도 하고, 추가 인터뷰를 하려고 다시 연락하고…보통은 또 거절을 당하죠(웃음).

저는 인터뷰한 분들의 이야기를 글로 옮기고 공부를 하면서 거기에 해석을 붙이고, 새로운 말들을 만들어내는 이런 일들이 늘 너무 좋았어요. 거기 약간 '오타쿠'처럼 푹 빠져서 했다고 할까요? 온통 그 생각뿐이고, 석사 논문 때는 이틀 동안 밥도 안 먹고 하나의 인터뷰에 매달려 있던 적도 있어요. 도저히 해석이 안 되다가 문득 텔레비전 연애 드라마를 보고 해석이 됐던 적도 있어요. 그리고 이틀만에 밖에 나가서 혼자 삼겹살 2인분을 먹었죠. 식당 사장님이 아주 이상한 사람 보듯 하고 그랬죠. 전 그 과정이 너무 좋았어요. 그때 절 만난 사람은 제가 인터뷰를 해석한 이야기를 다 들어야 했어요. 듣든 말든 그 사람을 붙잡고 "어떤 것 같아?" 막 이러면서 사람들을 괴롭혔죠(웃음).

이 과정에서 제가 느낀 행복이 '내가 통제할 수 있는 세계에서의 창조'인 것 같아요. 어떤 세계가 창조되는 것에 일조하면서 내가 완전히 통제할 수 있는 일. 정말 몰두할 수 있는 굉장한 행복을 맛봤던 것 같아요. 아무튼 그 결과로 나온 건 논문이고, 학위라는 라이선스인데… '나는 좋아서 열심히 했어!' 이런 마음이 있었죠. 졸업하고도 그런 일을 계속할 줄 알았는데 그렇지 않더라고요. 최근의 학계는 모든 것이 숫자로 환원되는 차가움과 봉건적인 면이 같이 있는 세상이거든요. 그에 대해선 자세하게 이야기하고 싶지 않아요.

아무튼 그전에는 그렇게 '오타쿠'처럼, 일과 삶과 놀이가 분리되지 않는데…제가 너무 늦게까지 행복했던 거죠. 3년 전부터는 이 모든 게 분리되어 있구나 싶었죠. 그리고 앞서간 사람들이, 제가 학위를 늦게 따서 후배들도 이젠 다 저의 선배들이 됐는데, 세상이 그런 걸 이제 알았냐고 하는 거죠. 정말 너무 힘들어서, 제가 원래 그런 사람이 아닌데 그때는 과로사하거나 자살하는 사람들이 이해되더라고요. 지금 생각해보면 그 숫자와 봉건성의 세계에서, 제가 애매한 사람이었겠죠.

그러다 이상하게도 제가 독일로 가게 됐어요(웃음). 거기 가서 제일 먼저 든 생각은 '여기 지하철은 굉장히 자살하기가 좋구나.' 왜냐면 거기는 스크린도어가 없거든요. 그냥 뚝 떨어지면 돼요. 다리라든가, 떨어져 죽기 좋은 데가 많았어요. 제가 그러니까 그런 것만 눈에 보였겠죠. 그때 내가 왜 여기 왔을까, 하는 생각을 많이 했어요. 일과 노동에 대해서 진짜 많은 생각을 했어요.

독일에서는 계약서를 쓰더라고요. 그전에 한국에선 계약서란 필요해지면 그때서야 쓰는 거지, 처음부터 나에게 일을 설명하기 위해 쓰는 게 아니었죠. 그리고 그전 경력을 입증하려면 일했던 곳의 계약서를 가져가야 해요. 그런데 계약서를 제대로 쓴 게 없는 거예요. 그래서 한국에서 프리랜서 일은 계약서를 잘 쓰지 않는다, 그 대신에 증명 서류를 준다, 했더니 다행히 인정해줬어요. 처음 일을 시작할 때 계약서를 보여주면서 가장 엄격하게 강조하는 게 있는데 "유급 휴가 30일을 꼭 써야 한다."는 거예요. 30일이면 6주예요. 그리고 월급은 15일에 넣어줘요, 너무 말일에 주면 힘드니까. 참 인간적이구나 싶었죠. 아직은 제가 오래 있지 않아서 표면적이긴 한데, 이번에 제가 휴가 신청을 하니까 "너는 연구자인데 정말 휴가로 가는 거냐? 조금이라도 연구를 하거나 그런 것 아니냐? 그러면 신청하지 않아도 된다."고 하더라고요. 그래서 "나는 정말로 휴가고 전화도 안 받을 거고 메일도 안 쓸 거다."라고 했죠. 그랬더니 휴가를 신청하라고 하더군요.

전 거기서 그런 생각을 했어요. 일과 놀이와 휴식이 애매하게 같이 있는 삶이 좋은 삶은 아냐. 그냥 분리되는 게 나아(웃음). 우리가 흔히 일과 놀이의 경계가 없는 삶에 대해 말할 때와는 조금 다른 차원의 이야기지만 보통 한국 사회에선 사람한테 뭘 뽑아먹으려고 할 때 제일 좋은 말이, "너 그걸 일로만 생각해?" 이러잖아요? 근데 일로 생각하는 게 어딘데(웃음)! 일과 놀이와 휴식은 다 분리되어야 한다! 독일에 있는 동안에는 그것들이 철저히 분리된 삶을 살아봐야겠다는 생각이 들었어요. 그런 의미에서 배워야 할 것들이 많고요. 이런 일들이 좀 다른 삶에 대한 시야를 넓히고 제 삶을 좀 더 명확히 해가는 과정인 것 같고, 마침 이럴 때 이 워크숍에 참여한 것도 저를 흘러 지나가며 변화시키지 않을까, 하는 기대를 합니다.

수놓는 시간

아사

저는 지금 마흔여덟이거든요. 이제 살아온 걸 돌아보니까 너무 나를 돌보지 않고 살았구나 싶어요. 그간 참 다양한 일들을 많이 했어요. 아파트 대표 일을 하면서 갑자기 주민 감사청구를 하기도 하고. 제가 동시에 해야 했던 일들이 대여섯 개가 넘었고, 늘 주변에 뭔가를 달고 다녔어요. 그러면서 지치기 시작했고 소진됐었던 기억도 나고요. 지금은 저 자신을 찾아야겠다는 생각을 많이 해서 상담도 받으면서 알아가는 중이고. 그래서 여러 가지 달고 있던 것들을 하나씩 놓아야겠다. 그리고 앞으로 나에게 어떤 게 의미가 있을까, 살면서 가지고 가야 할 것들은 무엇일까에 대해서 많이 생각하고 있어요.

그런 와중에 생활적인 면에서 재활용이나 이런 것에 관심도 많았고 귀촌을 해야겠다는 생각도 있었어요. 귀촌하게 되면 옷도 내가 만들어야지 싶어서 해 입기도 했고요. 5년 전에는 야생화 자수하는 걸 배웠어요. 옛날에 했던 기억도 살아나고 계속하다 보니 우연히 기회가 주어져서 작은 전시회도 하게 됐고요. 그렇게 쭉 흘러왔어요.

지금 와서 보니 제가 손바느질이나 수놓기를 하는 건 살면서 힘든 것들에서 도피하고 싶어서였던 것 같아요. 그걸 하고 있으면 굉장히 마음이 차분해지거든요. 근데 지금은 그게 서서히 나를 나타내는 무언가가 되어가는 것 같아요. 내가 어떤 거에 소질이 있고 정말로 좋아하는 게 뭔지를 열심히 찾아봤으면 좋겠어요. 지금 와서야 내가 누군지 서서히 알아가는 저도 있으니까.

돈을 받지 않고 자신이 많이,
그리고 자주 해온 일들은 무엇입니까?

0 임금을 받지 않고 자신이 해온 일들의 목록을 작성한다.
그 일들의 목록을 학창 시절, 졸업 후 5년, 최근 5년, 백수 시절
크게 자신의 굵직한 연대기순으로 정리한다.
그 일들의 내용을 적고 이름을 붙여본다.

1

2

3

4

Q 자신에게
중요한 선택의
순간이 있다면?

우리는 살아오면서 무수한 선택을 합니다.

그리고 내가 했던 선택들이 자신의 서사이기도 합니다.

다섯 번째 장에서는 공간의 이동,

사람과의 관계에 대한 선택, 했던 일들과 관련된 결정들을

떠올려 보고 일이나 삶의 맥락에서 '변곡점'이라고

여겨지는 순간들을 기록합니다.

소풍가는 고양이

차차

저는 지금까지 누구나 할 수 있는 일들을 했던 것 같아요. 이것저것 넓게 하지만 얕은? 무언가 똑 부러지는 한 가지를 갖고 싶었는데 특별히 뭔가를 배운 적도 없고 열정도 별로 없어서 얕고 넓게 그냥 여러 가지를 경험했어요. 어디에 넣어도 뭐라도 할 수 있는 그런 사람으로 자리 잡았다고 할까요.

사실 요즘이 제가 일에 대한 고민이 특히 많을 때예요. 여태 한곳에서 7년 정도 일을 해왔는데 시간이 지나면서 나의 다음 단계를 고민하기 시작했어요. '소풍가는 고양이(사회적 기업 ㈜연금술사가 운영하는 도시락 가게'라는 작은 가게를 사람들과 같이 창업했는데, 그 한 명 한 명이 너무 소중하고 가치가 있었죠. 창업은 살림과 같아서 못하는 거 없이 두루두루 할 줄 아는 사람들이 유리해요.

근데 시간이 지나고 회사도 성장하니까 이제 조금씩 두루 할 줄 아는 사람보다 더 전문성을 가진 사람이 필요한 거예요. 그래서 '나의 전문성은 뭔가?'라는 생각이 들기 시작했어요. 저는 창업 멤버라 회사가 곧 나만의 작은 세상 같은 거였는데, '나의 다음 단계'란 생각을 하면서 그 시간을 돌아보니 제가 뭘 했는지 잘 모르겠더라고요. 그냥 엄마같이 살림만 한 느낌? 문득 그런 느낌이 들어요. 그동안은 회사를 떠나면 그때가 일을 그만두는 순간이라는 생각이었는데 이제 '내가 여기를 떠나 다른 곳에서 일한다면 이력서에 뭐라고 써야 하지?'라는 생각이 들더군요. 다른 사람들이 이해할 수 있을까? '나는 뭘 했다.'라고 설명할 수 있을까? 요즘 계속 그런 고민을 해요.

분명 나도 성장을 한 건 알겠는데 오히려 시야가 좀 좁아진 것도 같고. 한곳에 오래 있었기 때문에 그 안에 있을 땐 안정적인 느낌이었는데 조금만 밖으로 나오면 그냥 세상에서 애 같은 기분이 들고요. 어른들의 세계에 있는 어린아이 같은 기분. 그런 생각이 드니까 낯선 사람들 만나는 것도 싫고 공적인 자리도 가기 싫고. 나의 지난 시간, 준비 기간까지 8년. 이제까지 너무 소중했는데 지금은 잘 모르겠다, 그 의미를 정의하지 못하겠다는 생각에 계속 울컥울컥해요.

그래서 일을 한동안 쉬려고 했는데 저도 주주이자 이사니까 갈팡질팡해요. 한편으론 직원이고 한편으로는 주인인 거죠. 쉬기로 했을 때는 직원의 마인드로 '지금은 내 시간이 너무 필요해. 나를 좀 돌봐야겠어.'라고 생각했는데, 막상 휴직에 들어가 자리를 비우고 정리를 하려고 하니 갑자기 주인의식이 생기면서 내가 없으면 안 될 것 같은 거예요. 내가 없으면 내가 하던 것들이 다른 사람들의 몫이 되고, 내가 없는 동안에도 회사는 성장하고 변화하며 이야기를 쌓아갈 텐데 거기 내가 없다는 게 너무 슬프고 속상하고 마음이 막 요동쳐요. 그동안 저는 삶에 대해 큰 고민을 하지 않고 살아왔는데 서른셋, 이제 와서 나에 대한 생각을 처음 해봐요.

배낭여행

유이

제가 해온 일의 큰 축 하나는 출판이에요. 경험도 없는 상태에서 갑자기 대표가 됐어요. 단군 이래 출판 시장은 늘 불황이었어요(웃음). 그때가 IMF 시기였는데 그래도 무사히 넘겼죠. 서점에 책을 대량으로 넣은 데는 망한 곳도 있는데, 우린 책을 되게 적게 보냈거든요(웃음). 그 무렵 대형 서점과 사회과학 서점만 따로 관리해주시던 프리랜서 영업자가 있었는데, 수금이 안 되는 거예요. 거래 서점 장부를 일일이 대조하니까 이분이 대형 서점에서 받은 어음을 입금하지 않은 게 천만 원 정도가 됐어요. 돈이 없는 사람도 아니고. 제가 그때 서른 즈음이었는데 생활법률 사전을 뒤져서 고소장을 쓰고 증거 자료와 함께 서초 경찰서에 가서 접수했어요. 바로 횡령액을 받아내고 고소를 취하했죠. 어쨌든 따로 출판 일을 배우지 않은 상태에서 사장을 해야 했기 때문에 여러 시행착오도 있었어요. 오늘은 정말 일어나기 싫다, 이런 시절도 있었고요(웃음).

그것말고 여행이란 카테고리가 있어요. '또문' 출판 파트 대표를 맡고 맨 처음 내규를 만들 때였어요. 교수들은 다 안식년이 있잖아요. 그래서 안식년까지는 아니어도 안식월은 있어야 한다고 생각해서, 7년째 되는 해에 한 달 유급 휴가 규정을 만들었어요. 그리고 첫 여행은 1995년 서른다섯 즈음에 출장을 겸한 열흘짜리 유럽 배낭여행이었어요. 그 후로 여행 소모임을 하며 매달 여성학 관련 답사 여행을 했어요. 그리고 개인적으로는 휴가를 명절과 묶어서 조금 긴 여행도 했죠. 2000년에는 한 달은 유급, 두 달은 무급으로 해서 석 달 동안 친구와 배낭을 끌고 메고 지중해 여러 나라를 돌아다녔죠. 출판 일을 시작할 때는 벌이가 NGO 활동가와 일반 출판사 직원 중간 수준이었는데, 출판 상황이 점점 안 좋아지면서 NGO 활동가 쪽에 가까워졌어요. 그런 연유로 적은 경비로 여행하는 노하우를 익혔죠. 틈틈이 여행 경험을 쌓았고 2007년에 두 번째 안식월을 맞았어요. 석 달 동안 산티아고 도보 여행을 했는데 날마다 다른 숙소에서 잤고, 그 전 여행까지 합치면 거의 100군데 넘게 다양한 숙소에서 지낸 경험이 생긴 거예요. 그러면서 주위에 언젠가 B&B나 게스트하우스를 하겠다는 얘기를 하고는 했어요.

그런데 사람들로 꽉 차 있던 '또문' 공간이 점점 한가해지고 밤에는 비기도 해서 공유 차원에서 숙소를 하게 되었어요. 출판이 어렵기도 해서 겸업으로. 어쨌든 탈출구의 하나로 언젠가 하려던 게스트하우스를 2011년에 열게 된 거죠. 초기 일이 년은 참 괜찮았어요. 오버부킹을 걱정해야 할 정도로. 당시 홍대 쪽에 게스트하우스가 서른 몇 군데 있었는데, 지금은 등록, 비등록 숙소 합쳐서 수백 개가 넘는다고 해요. 여성주의 출판사 공간이기도 해서 처음부터 손님을 여성과 채식주의자로 제한했어요. 채식 여행자들을 위한 편의와 정보를 서로 나눌 수 있으니까요. 그동안 다녀간 손님의 숫자는 그렇게 많지 않아요. 그래도 재방문하는 손님들이 더러 있어요. 비행기를 갈아탈 때 하룻밤 자고 가는 분도 있었고, 2년 지나서 다시 온 친구도 있었고, 해마다 오는 미국 교포도 있고. 손님 중에는 케이팝이나 한국 영화가 좋아 한국어를 공부한 이들도 있어요. 어쨌거나 벌이로 따지면 요즘에는 출판 일에서 용돈을 벌고 게스트하우스에서 식생활을 해결하는 정도로 역전이 됐어요. 하지만 지금도 직업이라기보다 활동으로 여기고 있어요. 직업이었으면 수익을 따져 진작 문을 닫았어야 했을지도 모르지만, 코드가 맞는 좋은 사람들 만나는 낙으로 하고 있어요. '올 사람은 온다.'라고 생각하면서.

전에 제주도에 있는 게스트하우스 주인장과 얘기를 나눈 적이 있어요. 굉장히 관계망이 넓은 분이에요. 자기는 한 달에 적금할 돈 35만 원만 벌면 된다는 거예요. 그러면서 주변에 사는 가난한 예술가들 밥을 다 챙겨주셨죠. 당시에는 35만 원이란 금액이 적게 느껴졌는데 지금 제 상태가 그래요. 또 얼마 전에는 갤러리 운영하는 지인을 만나 얘기를 나누는데 그분이 "나는 전기료, 수도료 같은 사람이야." 하더군요. 자기한테 떨어지는 건 전

기 요금 정도라는 거죠. 되게 공감이 갔어요. 제가 당장
집을 마련해야 하거나 교육비가 들거나 이런 게 없기 때
문에 최소한의 생활을 유지할 수 있는 정도만 벌어도 문
제없다. 지금 임대료를 감당할 수 있을 정도면 된다고 생
각해요. 다행히도 집주인이 7년째 임대료를 올려달라는
요구를 하지 않아 그런대로 유지하고 있죠. 지금도 여행
할 기회가 있으면 아예 문을 닫고 가요. 여행 경비도 들
고 숙소를 비우면 수입이 없으니 이중으로 손해가 나지
만 카페처럼 매일 매여 있는 건 아니어서 내키는 대로 살
고 있어요. 오늘도 손님이 한 명 있는데 알아서 지내라,
하고 왔어요(웃음).

되돌아온 질문

영희

전 대학 다닐 때부터 여성주의에 관심이 있어서 친구들이랑 같이 공부하고 잡지도 만들었어요. 실은 잘하는 게 별로 없어요. 그리고 뭘 해도 빨리 못 배우고요. 친구들을 잘 만나서 일도 하고 잡지도 만들고 '언니네2000년에 만들어진 여성주의 온라인 커뮤니티'도 만들고 그랬죠. IMF 이후 제일 취직이 힘들 때 졸업을 했는데 사실 전 그때가 아니었어도 그렇게 취직을 잘했을 것 같지는 않아요(웃음). 어쨌든 그 당시 남자애들은 바로 취업이 됐고 여자애들은 거의 안 됐죠. 학교 컴퓨터실에서 입사 원서를 쓰곤했는데 몇 시간 하다가 시스템 문제로 날리고 신경질 내고 했던 기억이 나네요. 그런 식으로 지원 자체를 못 한 것도 많았어요(웃음).

하여튼 그때 처음으로 굉장한 좌절을 느꼈죠. 유능한 사람이야 자기 비즈니스를 하겠지만 어쨌든 나는 취직을 해야 하는데. 그 와중에 현실도피 겸 같이 놀던 친구들하고 '언니네'를 만들어서 하게 됐죠. 2년 동안 20만 원씩 받고. 사실 처음 시작할 때는 번듯한 직장이 될 수 있을 줄 알았어요. 전혀 그렇지 않았지만. 그래도 20만 원씩 꼬박꼬박 받았어요. 그걸로 공부하고 사람 만나고, 하고 싶은 거 다 했던 것 같아요. 어떤 구애도 받지 않고. 그 시절의 기억이 지금까지 제가 무슨 일을 하든 그 기본이 됐어요. 같이 일했던 경험이라든지, 남들의 의견에 따르다가도 어느 순간 자율적으로 맡아야 한다든지. 근데 2년을 하고 나니 더 그렇게 살 수는 없더라고요. 전망도 안 보이고, 같이 하는 친구들도 지치는 상황이 온 거죠. 이제 정말 뭐랄까…'번듯한 직장을 가져야 해. 더 이렇게 살다가는 내 입에 풀칠도 못 하는 사람이 될 것 같아.' 그런 불안감. 다들 갖고 있지 않나요?(웃음)

그때 노동 문제에 관심이 많았어요. 그전에 제가 여성

주의에 관심을 가졌던 건 엄마의 삶 때문이었고 노동 문제는 제 문제 때문에 관심을 가지게 됐어요. 취직이 안 되니까 뭘 해야 하나 싶었던 거죠. 그렇게 전혀 모르는 세계에 뛰어들었어요. 바로 노무사라는 직업이었어요. 정말 맹렬히 탐구했어요, 그 직업에 대해. 빨리, 제대로 된 직장을 가져야 하기 때문에. 안 그러면 인생이 막장으로 갈 것 같았으니까(웃음). 아무튼 그래서 이 일을 시작했는데, 쓰다 보니까 보람된 일, 행복한 일보다 힘들었던 거, 억울했던 거 그런 게 많이 생각나네요.

제가 일했던 곳이 장시간 근무하고 경쟁도 치열한 곳이었어요. 복장을 지적하질 않나, 갑자기 대표가 부동산 투자를 하라고 하질 않나. 저랑 너무 안 맞아서 더는 이런 생활은 못 하겠다고 생각했죠. 사실 일 자체는 괜찮았어요. 사람들하고도 아주 잘 지냈고요. 저는 어딜 가든 사람들하고 잘 지내거든요(웃음). 그런데 일을 너무 오래 시켜요. 내 인생관하고 잘 안 맞는다고 생각했죠. 저는 원래 유능하지도 않거니와 중간만 하면 된다는 그런 생각을 하고 있었으니까. 그래서 도저히 안 되겠다 싶어서 지금 다니고 있는 센터로 옮겼어요.

　8년간 일하고 있는데, 여기 처음에 왔을 때 너무너무 좋았어요. 노동자 상담을 할 때면 정말 성심성의껏 할 수 있어서 너무 좋았어요. 그전에는 전화가 오면 사건으로 만들어서 고객이 될 사람인지 아닌지 판단하고, 아니다 싶으면 시간이 없으니 대충 마무리하죠. 그런데 여긴 말 그대로 비영리법인이니까요. 물론 수익이 나진 않죠. 매일 돈 걱정은 하지만, 모든 것을 수익 활동으로 연결하지 않아도 됐어요. 그래서 하고 싶은 이야기 다 들어주며 상담하고 그러면서 보람도 있고. 시간이나 돈에 구애받지 않아서 너무 좋았는데… 8년쯤 하니까 매너리즘에 빠지더라고요.

　여성 노동 문제라는 게 거시적으로 생각해야 하잖아요? 관련된 정책도 같이 고민해야 하고. 그런데 사실 그런 걸 계속 생각하는 게 골치 아파요. 관련된 뉴스도 잘 안 보고 매일 같은 얘기하는 게 힘들고, 전화하는 여성 노동자들도 이제 다 그렇고(웃음). 왜 매일 이야기하는데도 안 고쳐질까, 이런 상황은 언제쯤 달라지나, 이런 생각들을 하고 있어요. 이 일을 언제까지 계속해야 하나 싶고. 또 여러 가지 고민이…비슷하게 반복돼요. 이 상담 센터 자체가 사실 저거든요. 분리가 잘 안 돼요. 그걸 잘 분리하고 싶어요. 센터의 미래가 내 미래가 되는 건 싫어요. 언제쯤 분리하지? 이런 생각이 들면서 오래 못 할 것 같아요. 이제 100세 시대잖아요(웃음)? 그래서 만약에 이걸 그만두면 뭘 해서 먹고살아야 될까, 또 그때랑 똑같은 생각을 해요. 네…요즘 그런 생각들을 하고 있습니다.

자신에게 중요한 선택의
순간이 있다면?

_____

_____

_____

_____

_____

_____

_____

_____

_____

_____

_____

_____

_____

_____

_____

_____

0 자신이 했던 선택과 행동에 이름을 붙이고 구체적인 내용을 기록한다.
  그 선택을 위해 어떤 행동을 하거나 하지 않았는지 적어본다.
  그 선택 이전과 이후 가장 크게 달라진 것이 무엇인지 생각해본다.

1

_____

_____

_____

2

_____

_____

_____

3

_____

_____

_____

4

_____

_____

_____

삽질의 기억

인연 또는 악연

내 최고의 스펙

어떤 하루

경력과 경험 사이

나의 연대기

내 일의 키워드

일의 변곡점

Q 내가 했던 일들에
키워드를 붙인다면?

이번 장의 목표는 내가 해온 일들을 해석하고
그 맥락을 만들어 보는 것입니다.
앞의 장들에서 기억을 소환하고 기록한 내용을 바탕으로
크게 카테고리를 나누고, 키워드를 잡아 이름을 붙이고
전체적인 맥락을 구성하는 작업입니다.

다섯 가지 작은 행복

씩씩이

제가 10년 동안 이 일을 왜 하고 있는지 깊이 생각해
봤어요. 나를 행복하게 했고 나에게 의미가 있었고 일을
지속할 힘을 주었던 것들에 대해서. 이 다섯 가지 작은
행복도 기억 저편에 있었고 정말 한 번도 언급하지 않았
던 일이었어요.

첫 번째는 '정우의 마른 팬티'예요. 20대에 장애 아이
들 시설에서 일했어요. 그 아이들은 보통 야뇨증이 있
어요. 밤에 소변을 잘 못 가려요. 근데 제가 맡았던 친
구가 아침에 드디어 마른 팬티로 일어난 거죠. 훈련으
로! 야간 교사와 주간 교사가 스케줄을 짜서 30분씩

또는 1시간씩 점차 시간 간격을 늘려서 밤에 화장실 가는 훈련을 시켜요. 전 주간 교사였는데, 어느 날 아이가 일어났는데 마른 팬티였던 거예요. 매일매일 팬티가 젖어 있었는데. 그 아이 이름이 정우예요. 이름을 잊어버리지도 않아! 너무 예쁘게 생겨서 오드리 차라고 불렀어요. 그게 제가 그 시설에서 3년의 시간을 견딜 수 있게 했던 것 같아요. 그 마른 팬티 한 장이.

두 번째는 '찬호의 대답'인데, 그 후 제가 일했던 곳이 어린이집이에요. 중증장애 어린이들이 시설에서 나와 동네에서 엄마랑 같이 지내게 해주는 어린이집이었는데 제가 맡은 아이가 박찬호였어요. 그 아이는 말도 잘 못 알아듣고 뭐든 서툰데 딱 하나, 제가 이름을 부르면 "네~." 하고 대답을 해요. 그 아이에게 3년 동안 "네." 하나만 가르쳤어요. 언제나 너무 예쁜 목소리로 대답해요. 언제 어디서나 청명한 목소리로. 그것 때문에 거기서 3년을 버텼던 것 같아요. 지금까지도 그 아이의 "네." 하는 소리가 잊히질 않아요.

세 번째는 장애 인권단체 활동을 하던 시절인데요, 줄곧 잊고 있었는데 제가 장애 어린이를 위한 잡지를 만들었더라고요. 제목이 〈어깨동무〉예요. 선배 언니랑 아주 작은 단칸방에 사무실을 얻어서 잡지를 발행했어요. 등록도 하고. 심지어 월간지였어요. 근데 완전히 잊어버리고 있었어요(웃음). 내가 그때부터 글을 썼구나, 새삼 알게 됐어요. 잡지를 만들며 인터뷰 다니고 했던 게 행복했어요. 우리 어릴 때 〈어깨동무〉란 잡지가 있었잖아요. 근데 장애아동들을 위한 잡지는 없어요. 못 읽을 거로 생각하니까 아예 없거든요. 그래서 기껏 만들었는데 금방 폐간됐어요(웃음). 어쨌든 내가 그걸 했구나. 내가 잡지를 만들고 글을 쓴 게 아주 오래전에 시작됐다는 걸 알게 됐어요. 그다음에는, 아! 진짜 많이 옮겨 다녔어요(웃음).

그리고 '줌마네'에서 자유기고가로 일을 했어요. 그때 오솔이 단편 영화를 만드는데 조수처럼 따라다녔어요. 붐 마이크 있잖아요. 장대처럼 생긴 걸 잡고 있었어요. 마이크는 화면에 보이면 안 되니까 보통 구석 뒤쪽 어딘가 올라서 있었어요. 그때 아무 걱정이 없고 가장 행복하고 만족감이 컸어요. 왜 그랬을까를 생각해보면…마이크를 잡는다는 거는 침묵이잖아요. 그러니까 안전한 거예요. 구석에서 아무 말도 안 해도 되고, 아무런 행동도 안 해도 되는. 아무것도 안 해도 되는 건 나를 없애도 되는 거예요. 그렇게 안전한 곳에 딱 들어가 있으면 되는, 그 순간이 가장 만족감이 높았던 때였던 것 같아요.

다섯 번째는 저에게 있어 과거와 현재를 나누는 분기점인데요. 아버지가 9년 전에 돌아가셨어요. 앞으로 돌아가시기 직전에 호스피스 병동에 계셨는데 제가 마지막 한 달을 간호했어요. 이게 왜 행복한 기억인가를 생각해보니 제가 그 한 달을 정말 충실하게 병간호를 했기 때문인 것 같아요. 대학원을 휴학하고 한 달을 거의 거기서 먹고 자고, 먹고 자고 했어요.

제가 아버지랑 사이가 굉장히 안 좋았어요. 그런데 그때는 아버지한테 헌신했던 것 같아요. 그렇다고 뭘 대단한 걸 하지는 않았어요. 그냥 같이 자고 일어나고 옆에 있어 드리고. 돌아가시기 직전엔 꿈 같은 걸 꾸셨는데 무섭다고 하시더라고요. 그때는 손잡아 드리고. 이런 것밖에 안 했어요. 그런데 제가 거기에, 아버지 옆에 계속 같이 있었다는 게 저한테 만족스럽고 그 시간이 아버지와 화해하는 시간이었던 것 같아요.

그리고 돌아가시고 나서 동사무소 가서 사망 신고를 했어요. 그 마무리를 한 것이 내가 할 수 있는 걸 다 해 드렸다는 느낌이에요. 동사무소 가서 주민등록 말소를 한 기억이 계속 남아요. 동사무소를 찾아가던 길도, 동 사무소 직원의 얼굴도 아직도 다 생각이 나고요. 엄마가 가도 되는데 왜 굳이 내가 갔을까 하는 생각이 들더라 고요. 그때 뭔가 사명감 같은 게 있었어요. 아버지의 마 침표를 내가 찍어 드려야겠다, 그런 사명감이요. 그때가 서른 초반이었고 죽음이 너무 무서웠는데 그걸 한 거예 요. 다시 가족관계증명서 뽑아달라고 해서 아버지 이름 이 없어진 걸 확인까지 했어요. 우여곡절도 많고 갈등도 많았지만, 가족의 일원으로 한 분의 생애를 마감하는 것 에 내가 최선을 다했고, 그것이 묘한 행복감을 줬던 것 같아요.

그런 게 작은 행복이에요. 아이가 "네." 대답하는 거 는 정말 작은 거거든요. 그런데 이런 작은 행복감 같은 것들을 그 후로 다시 어디서 느껴봤을까 생각해보면 그 렇게 많지 않아요. '작은 행복과 만족감.' 그게 제 작은 세상이었던 같아요. 내 작은 세상에서 내가 할 도리들을 하면서 살았을 때 만족감이 높았던 것 같아요. 일터에서 내가 해야 하는 게 승진이 아니라 아이의 마른 팬티를 만드는 것이었기 때문에 그것만 하면 됐고, 아이에게 대답을 시키면 되고, 아버지의 임종을 지켜보면 되는 거고, 그리고 거기서 마이크를 들고 가만히 있기만 하면 되는 거였어요.

　이렇게 세상이 단순했는데 그 이후의 삶은 단순하지 않았어요. 너무 복잡하고 뭔가 중층적으로 너무 많은 게 내 안에 있고 항상 정리가 안 되는 것 같고요. 넓은 세상에 내가 무방비 상태로 펼쳐져 있는 느낌? 그래서 위험한 상황에 늘 노출된 것 같은 느낌. 그래서 순간순간 기쁨들도 많이 있었지만 작은 점 같은 만족감은 그때 이후로 생각이 안 나더라고요. 그렇게 살았구나, 이런 생각이 들어요.

멈춤을 추는 시간

소영

연대기를 쓰면서 비슷한 걸 써본 것 같은 느낌이 들었어요. 생각해보니 올해 초에 〈아임언아티스트〉라는 연극에 출연하면서 제목이 '나는 예술가다'지만 예술가가 아니게 느껴졌던 순간들을 적어봤는데 지금 이 프로필 쓰는 것 같았어요. 반짝거리며 드러나는 나의 세상은 빙산의 일각일 뿐이고 수면 아래 더 거대한 몸체가 있어서 사실은 그 몸체가 나를 지탱하고 있는 건데…. 적다가 하고 싶은 이야기 몇 개만 뽑아볼게요.

하나는 '가이드', 그게 키워드예요. 전 춤추는 사람이니까 무용계가 제 세상이었는데 어느 시기엔가 막 염증이 생겼어요. 사실 웬만한 경력이 생겼는 데도 뭔가 내가 원하는 것을 하고 있지 않은 것 같고, 자꾸 떠밀리는 것 같고. 지금 난 공기 바깥으로, 수면 바깥으로 나와 있는데 더 숨이 차는 거예요. 그래서 하나씩 거리두기를 하다가 결혼을 했어요. 결혼했다고 일을 안 하겠다는 마음은 없었지만 '처음 내가 춤추고 싶었던 것처럼 다시 행복하게 시작할 마음이 생기지 않으면 안 할 거야.' 하며 조금씩 거리를 늘려가고 있었어요.

그러다 아들이 생겼는데, 재밌는 것은 나와 피붙이 같이 지냈던 모든 사람이 갑자기 연락이 안 돼요. 전화도 안 받고, 전화하면 바빠요. 내가 만나기가 불편한 사람이 된 거예요. 그리고 더 마음이 안 좋았던 건 이제 내가 '떨어질 콩고물이 없는 존재'가 된 것 같은? 한마디로 리스트에서 지워진 거죠. 여태 춤을 추면서 이 사람들과 10년, 20년을 쌓아온 관계는 뭐였지 싶더라고요. 무용계는 아주 좁기 때문에 실은 거의 같이 가요. 경쟁자이면서 동료죠. 서로 밥 떠먹여 주면서 버텼다고 생각했는데, 알고 보니 그저 경쟁 상대였던 거죠. 근데 내가 알아서 나가줬으니….

그렇게 설마설마하면서 몇 년이 흘렀어요. 거리를 두고 춤을 추지 않는 이 시기를 전 '멈춤을 췄던 시기'라고 이야기하는데요, 중요한 건 그 시기에 새로운 관계가 형성되기 시작했어요. 제가 아기 젖 먹이느라고 외출이 힘들었어요. 모유 수유를 길게 했거든요. 그래서 집에 있으면 한 명, 두 명 저를 찾아와요. 춤추는 데 어려움을 겪는 사람들, 저처럼 무용계에 염증을 느낀다거나 아니면 무용 전공자가 아닌데 춤을 추고 싶은 사람들이.

제가 제 이름을 걸고 수업을 연 게 좀 오래됐어요. 현대 무용, 발레, 이런 식으로 분류하지 않고 주제를 정해서 수업을 해요. 요즘에는 '직립법', '다시 일어서기' 그리고 '지지와 지탱' 이런 주제들로 해요. '직립하기 위해서는 결국 누군가와 힘을 합쳐야 한다.' 이런 춤 수업을 계속 만들다 보니 사람들이 오는 거예요. 여태까지 어떻게 춤춰왔는지부터 시작하니까 해줄 이야기도 많고 들을 만한 이야기들도 많아요. 서너 시간씩 있다가 같이 밥해서 먹고. '춤추고 싶으십니까? 상담해 드립니다.' 라고나 할까? 제가 이 상태의 정체성에 제목을 붙인다면 '가이드' '춤을 추기 위한 길로 가는 가이드' 저는 이게 꽤 마음에 들었어요.

저도 대학교 졸업하고 IMF가 터졌어요. 무용은 원체 돈이 많이 드는 직업이죠. 그래서 입시학원을 잠시 했어요. 하지만 아직 대학도 안 간, 스물도 안 된 아이들이 막 찌들어 가는 모습을 봐야 했어요. 한 3년 정도 하고 관뒀죠. 그때부터 '그렇다면 난 입시가 아니라 입문하는 수업을 해야지.'라는 마음이 생겼어요. 저도 진짜 춤을 춘 시간보다 춤을 기다렸던 시간이 훨씬 길었어요. 꿈만 꾸고 춤을 못 추고 있었어요. 학원은 거의 고등학교 3학년 하반기가 되어서야 다녔고 입시 준비를 몇 달 못하고 대학을 갔어요. 하지만 그보다 훨씬 더 긴 시간 동안, 매미의 시간처럼 꿋꿋이 기다리고 있었던 아주 많은 이야기가 제 몸에 쌓여 있었어요. 그래서 누구를 만나도 그 사람이 춤을 추고자 한다면 입문시킬 수 있는 힘이 생긴 거예요. 공연한다거나 그런 건 각자 알아서 하는 거고(웃음). 제일 뿌듯한 저의 이력 중 하나가 '가이드 되어주기'예요. 돈은 안 되지만, 지금의 작은 바탕이 되어줬던 프로필이에요.

외야석의 아웃사이더

루후나

다들 너무 열심히, 너무 치열하게 살아오신 것 같아
서… 그 와중에 제 이야기는 너무 뜬금없을 것 같고 분
위기를 깰 것 같아 차마 말을 못 하겠더라고요. 음… 저
는 일단 열심히 살지 않았어요(웃음). 그리고 아까 나윤
씨가 그러셨잖아요. 태어날 때부터 자신의 존재를 증명
해야 하는 그런 위치였다고. 저는 거의 반대되는 상황이
었어요. 제가 큰딸이고 밑에 남동생이 둘이 있는데요, 그
래서 그런지 전 집에서 뭘 해도 되는 그런 자유를 부여
받은 딸이었어요. "공부도 진로도, 너 하고 싶은 대로 해
라." 아빠는 늘 그렇게 말씀하셨어요. 내가 누구인지 증

명해야 한다거나 생존을 위해서 모든 걸 쥐어짜야 할 정도의 환경에 처해 있질 않았어요. 97학번이라서 IMF의 영향이 없다고 할 수는 없지만, 아무튼 취업도 진학도 별 의지가 없어서 친구들 하는 대로 기약 없는 고시생의 길로 들어섰어요. 신림동에서도 몇 년을 버텼고 그 와중에 친구들은 하나둘 합격해서 나 혼자만 애매하게 둥둥 떠 있는 것 같았는데 그때도 뭔가 절박함이랄까 그런 게 없었어요(웃음). 근데 친구들하고 저하고 다른 게 좀 있더라고요. 저는 타고나기를 약간 방관자 같아요. 뒤에서, 멀찍이 관찰만 하지 그라운드에 들어가 땀 흘리는 걸 안 좋아해요.

제가 어릴 때부터 야구를 아주 좋아했는데요. 전에 쓰던 아이디가 '외야석의 아웃사이더'예요, 으아… 부끄러워(웃음)! 이게 뭐냐면 말이죠, 야구장은 포수가 있는 중앙을 기준으로 좌우에 1루, 3루가 있어요. 그라운드뿐만 아니라 관중석까지도. 보통은 1루가 홈팀이고 3루가 원정팀 자리죠. 근데 나는 1루도 3루도 아니고 저 외야에서 이렇게 팔짱을 끼고 쳐다보고 있는 거죠. 학교 수업 마치면 곧잘 사직구장에 놀러가곤 했는데, 제 기억으로 90년대 초·중반에는 의외로 야구장이 널널했어요. 그 시절 외야석은 여러모로 재밌는 사람들이 많았어요. 데이트할 장소가 마땅치 않아서 놀러온 젊은 커플들. 이 사람들은 꼭 양산으로 가리고 뭔가를 하더라고요(웃음). 그리고 대낮부터 한잔하셨는지 얼굴이 벌건 아저씨들. 아예 불판을 가져와 고기 굽고 팩소주 드시는 아저씨들도 계시고, 무슨 계룡산 도인 같은 할아버지도 계셨죠. 저는 그 아이디를 쓰면서 '나는 1루 쪽도 3루 쪽도 안 맞아. 아무래도 외야석이 내 자리인 것 같아.'라고 생각했던 거죠. 그런 자세가 배어 있어요.

제가 지금 우리 나이로 딱 마흔인데, 같이 놀았던 친구들도 지금은 다 자리를 잡았어요. 다들 운동장 안에서 뛰고 있거나 1루석이든 3루석이든, 심지어 본부석에 있는 친구도 있고, 하여튼 자기 위치가 확실히 있어요. 근데 나는 왜 아직도… 뭔가 치열하게 뛰는 게 아니고 그렇다고 어느 편을 들어서 응원하는 것도 아니고 이렇게 그냥 보고만 있는지… 근데 그게 천성인 것 같아요. 일과 관련해서 쓰려고 보니까 아무 생각이 안 나요. 그게 무엇 때문일까 생각을 해보니 저라는 존재 자체가 플

레이어 체질이 아니었던 것 같아요.

그런데 요즘 들어서는 이제 그만 팔짱을 풀고 자신을 바꿔야겠다는 생각이 들어요. 어떻게 바꿀 수 있을까 곰곰이 생각해보니…이건 어떤 책을 읽는다든가 글을 쓴다든가 이런 식으로 되는 게 아닌 것 같아요. 손이 거칠어지고 땀으로 옷이 젖고 그렇게 실제적으로 몸을 움직여야 할 것 같은 거예요. 아까 현경 선생님이 '스트리밍' 얘기하실 때 엄청 놀랬어요. 저도 가끔 나 자신이 무슨 파이프 같다는 생각을 했거든요. 그렇지만 제 경우엔 모든 것이 나를 스쳐 지나가지만 그저 통과해갈 뿐 나는 변하지 않고 그대로였던 거죠. 그러면서 뭐든지 거리를 두고 삐딱하게 보고만 있는 거고요. 이제는 그런 식의 관람객 모드를 버려야겠다고 생각해요. 아무튼 이런 나를 바꾸기 위한 방법 중의 하나가 '줌마네'에서 뭔가를 하는 거고 그게 조금 도움이 되고 있다고도 생각하고, 또 이렇게 사람들의 이야기를 잘 듣는 것도 중요한 작업이란 생각이 듭니다.

내가 했던 일들에
키워드를 붙인다면?

0 앞 장에서 적었던 여러 목록들을 서너 개의 테마로 묶어본다.
'작은 행복', '번아웃', '멈춤' 등의 추상적인 키워드를 달아본다.
'호박볶음', '바느질', '고전' 등의 구체적인 사물의 제목을 붙여본다.

1

_____

_____

_____

2

_____

_____

_____

3

_____

_____

_____

4

_____

_____

_____

Q 기억의 조각들로
자신의 연대기를
구성하시오

앞 장들에서 경험의 조각들을 충분히 모았다면

연대기 형식으로 이를 기록합니다.

기록한 메모와 장면들을 연도별로 정리해도 좋고

키워드로 분류해도 좋습니다. 메모와 장면들을

분류 형식에 맞게 수정하고 세부 사항을 덧붙입니다.

분량에 구애받지 말고 내게 의미 있었던 일들을

생각나는 대로 자유롭게 기록합니다.

아사의 기록

;

어린 시절	길 가다 물끄러미 땅 위의 풀, 돌멩이, 개미, 곤충들을 관찰하는 게 좋았다
	따뜻한 햇볕이 머리 위를 내리쬐는 느낌
	등 뒤로 따가울 정도로 쏘아대는 햇살
2004년 결혼	아이를 키우며 아이 실내화에 레이스 떠서 장식하기
	잠옷, 액세서리 등을 만들어줌
	귀촌을 생각한 뒤 살면서 기본적으로 필요한 것들에 관심이 생김
	옷, 세제, 생활용품 등을 직접 만들기로 함
2012년	야생화 자수를 접함

2013년	'줌마네' 벼룩시장에 내놓았던 손수건을 보고 전시회 제의 받음 (이즈음이 전환기, 바쁜 시기)
2014년~	학교 방과 후 수업. '줌마네' 바느질 활동 (바지 만들기, 한 땀 수업)
2016년	규방 공예에 관심을 가짐
이후	함께하는 가게를 통해 할 수 있는 것들을 탐색하고 모임을 통해 나의 존재의 의미, 소소한 행복 등을 나누고 싶다
	노동으로 힘겨워지거나 감당할 수 없을 때는 할 수 있을 만큼의 일만 정리할 것. 살면서 집도 한번씩 정리해야 할 때가 있듯이
	나에게 있어 바느질이란 힘든 시기를 조용히 함께했고 기쁨도 주고 내가 좋아하는 요소들이 많은 작업이다. 관계 맺음이 힘든 나에게 세상과의 연결고리 역할을 한다.

바느질 역사

아사

저는 바느질 역사로 정리했어요. 그냥 내가 뭘 좋아했을까, 생각해봤어요. 한창 바쁠 때는 길가에 돌멩이 하나 안 보였어요. 풀, 하늘도 안 보고 살았어요. 지금은 그런 게 보이기 시작하거든요. 어렸을 때의 내가 그걸 좋아했었구나. 햇볕이 따뜻하게 느껴지는 것, 길가의 꽃이나 돌멩이들도 유심히 보고 만져보던 기억이 났어요. 어렸을 때 저는 그랬어요.

결혼한 뒤에도 아이들 키우면서 뜨개실로 옷 만들어주고 이렇게 살았는데 의식적으로 바느질을 해야겠다고 생각한 적은 없었어요. 그냥 바느질이 재밌었고 이런저

런 손으로 하는 것들을 좋아하면서 살았더라고요. 그래
서 손으로 뭘 안 하고 있으면 좀 불안하고, 서먹서먹한
관계의 사람들과 있을 때 힘들죠. 감정이나 느낌을 잘 표
현 못 해요. 바느질이나 코 바느질, 이런 것들이 힘든 시
간을 견디게 해주었어요. 결혼 생활에서도 사실 그렇게
만족감을 느껴본 적이 없어요. 얼마 전까지 같이 살아야
하나, 이혼해야 하나 이런 생각도 했었어요. 지금 생각하
면 그 시기조차 손으로 뭔가를 하고 있었기 때문에 견딜
수 있었던 거 같아요.

　몇 년 전 송년의 날 벼룩시장에 조그만 손수건을 내
놨어요. 가제 손수건에 수를 하나 놨는데 어떻게 그걸
보시고 "전시 한번 해보자, 느낌이 괜찮다." 해주신 분이
귀인이 아니었나 싶어요. 인연이라고 생각해요. 제 바느
질의 전환점이랄까? 혼자 하는 바느질에서 다양한 사람
들을 만날 기회가 되었죠. 어쨌든 조그마한 전시를 했어
요. 좋다, 괜찮다 이런 말도 듣고. 그걸 계기로 다른 사람
들과 같이하는 걸 시작했어요. 주변 사람들과 조끼나 앞
치마 같은 걸 만들기도 하고, 학교 방과 후 수업도 하고,
가끔 '줌마네'에서 바느질 수업도 하고 있어요. 바느질은

힘든 시간을 같이했고 인간관계가 힘들 때 극복할 수 있게 해줬어요. 이제 인생에서 바느질이 없었으면 어땠을까, 어떻게 이걸 극복하고 살았을까 싶어요. 다른 분들에겐 그게 요가일 수도 있겠고 다양한 방법들이 있겠지만 저에겐 바느질이에요.

저는 요즘 눈물이 정말 많이 나요. 상담하면서 계속 울어요. 언제까지 이럴지도 잘 모르겠고요. 그냥 나오니까. 가끔 바느질 수업을 하는데 실은 제가 잘하지는 못해요. 한 우물을 팠던 게 아니기 때문에 조금조금씩 해요. 저보다 잘하는 사람도 많을 거예요. 그냥 저의 수업이 오시는 분들에게 뭔가 힘이 되었으면 좋겠고, 바느질 수업을 통해 그분들이 스스로 회복하고 일어나시는 데 작은 도움이 되었으면 해요. 잊고 있었던 것을 저는 바느질하면서 찾았잖아요. 손으로 하는 작은 다른 작업에서 할 수 있는 것을 발견하는 이들도 있을 거예요. 그런 조그만 도구를 발견하도록 돕는 게 저의 역할이라고 생각해요.

겨울의 기록

•
,

2001년	연극반 동아리에 들어가다	배우의 꿈
2007년	대학에 들어가 계속 함께하고 싶은 사람들을 만나고 영화 작업을 하다	그들과 함께한 작업과 시간들
2011년	첫 번째 연예기획사, 두 번째 연예기획사, 그리고 인생에 큰 해를 끼친 연애	좌절의 시간
2013년	방황 또 방황	힘들었지만 열심히 삶!
2014년	예전에 함께 일했던 언니와의 만남	안정과 회복의 시기

치유와 회복

겨울

저는 좀 크게 정리를 했는데 이야기가 일곱 개 정도 되더라고요. 그중에 몇 가지만 이야기할게요. 첫 번째로 제가 이 일을 하게 된 가장 큰 계기가 있어요. 중학교 때 국어과 반장을 했는데 국어 선생님이 연극반 선생님이셨어요. 그 선생님이 거의 강압적으로 연극반에 저를 넣으셨어요. 그래서 연극 동아리를 들어갔어요. 중학교 3년 내내 굉장히 빡셌어요. 방학 때도 학교에 가서 연습하고, 방과 후에도 매일 모였어요. 그때 활동하면서 배우의 꿈을 진지하게 생각하게 되었어요. 그 후로 예고로 진학하고 연극영화과를 가고, 제가 계속 이 일을 하게 만든 큰 사건이었습니다.

그리고 대학교 졸업하기 전에 연예기획사에 들어갔는데 이건 악연이었죠. 한 매니저를 만났는데 그분이 어느 순간부터 저를 사랑한다고 하셔서(웃음). 졸업하기 전 스물 서넛, 정말 열정 가득하던 때여서 뭐라도 하려고 하고 독립영화도 배우는 기회라고 여기며 다 하고 싶었던 그런 시기였는데. 그 회사는 상업적인 기회만 중요하게 여겨서 많이 부딪치기도 했고 매니저 문제도 있어서 너무 힘들었던 시간이었죠. 그래서 다시 들어간 두 번째 회사의 대표님은 거의 손을 놓고 일을 안 하셔서 일도 잘 안 들어오고, 거의 1년을 아무 일도 못 하고 그냥 시간만 보냈어요. 그 과정에서 또 다른 매니저의 구애가 있었고. 그때 만난 인연들이 저에겐 너무나 큰 악연이었어요. 너무 많은 상처와 방황의 길을 걷게 했죠. 그 시기에 만난 모든 인연이 저를 많이 지치게 했고, 마음 상태가 많이 안 좋았던 때였어요.

이후에 영화사에 프로필을 돌리러 다니다가 길에서 우연히 예전에 같이 일했던 언니를 만났어요. 그 언니가 정말 뜬금없이 "같이 연기 스터디하지 않을래? 여기 좋은 사람들 되게 많아." 하더군요. 그땐 혼자서 방황하며 너무나 힘든 때였는데 그 언니를 만나 같이 스터디를 하면서…물론 스터디를 아주 열심히 한 건 아니었어요. 다 같이 놀고(웃음). 근데 제 정신 균형에 큰 도움이 됐고 그렇게 마음이 좀 씻겨 내려간 상태로 일을 다시 시작하는 계기가 됐어요. 지금 생각하니까 그 언니가 엄청난 귀인이네요. 거기서 또 좋은 친구를 만나게 되고 그분 덕분에 제 병들어 있던 마음이 많이 치유됐고요.

이걸 정리하면서 든 생각을 말씀드리고 싶은데요. 저는 생활적인 부분에서 좀 힘든 게 있어서 그 고민을 안고 여기 왔어요. 그런데 어제오늘 다시 '인연'으로 정리를 하다 보니까 그런 생각이 들더라고요. '생활적인 것은 진짜 내 고민이 아니었구나.' 갑자기 눈물이…제 마음의 병들어 있던 부분을 치유하고, 좀 건강하게 일하고, 건강하게 살고 싶은 마음? 이게 가장 큰 화두이자 내 고민이구나. 이걸 많이 느끼고 가는 것 같아요.

오보의 기록

;

2011	영화제작 모임 활동
	-영화를 만들고 싶은 이들의 모임
	-독립영화 만들기 시작

다큐멘터리 공동연출에 지원해
한 영화인을 만남
-힙합 청소년들을 담을 계획,
하지만 주인공 입대로 무산
-영화를 찍으며 처음 울었음
(주인공이 촬영 펑크 냄)

시청자 미디어센터에서 미디어 교육을 수강
-귀인을 만남. 진실과 사실이 꼭 같지만은
않음을 알게 해주심
-처음으로 언론과 미디어에 대해
깊게 생각하게 됨
-사회문제에 눈을 뜬 시기

부산 민언련 지역신문 모니터링 활동 시작

-정치에 처음으로 깊은 관심을 가짐

-신문, 미디어 등 언론에 비판적 사고를 가짐

-생각하는 힘과 표현력이 부족하다는 걸

크게 깨달음

※ 중간중간 상업, 독립영화 스태프에 지원

| 2012 | 모니터링 활동과 독립영화 활동을 계속 병행 |

영국으로 떠남

-쇼핑몰에서 일해 백만 원씩 번 돈으로 여행

-단순반복 작업은 굉장히 힘들다는 것을 경험,

그래도 숙달된 모습에 뿌듯함

-유명한 여행 책을 읽고 여행의 일부를 망침

-새로운 세계에서도 한국에서 했던 고민은

늘 따라다닌다는 걸 알게 됨

-영국에서 처음으로 인종차별을 경험

-영국, 프랑스, 스위스를 여행

-내가 철부지임을 깨달은 6개월

한국으로 돌아옴

-곧바로 영화제작 모임 사람들과 영화를 찍기 시작

현장이 즐겁지 않음을 처음 느끼고 잠시 중단

-모니터링 활동은 계속

2013	슬럼프, 집안일에만 집중하며 미래를 생각함
	답 없음

다큐멘터리 <그림자들의 섬> 연출부로 합류
-처음으로 돈 받으면서 영화 찍음
-사회적 기업을 처음 알게 됨

노동 다큐와 나의 노동의 가치는 동일하지 않았다
-귀인을 만남. 조선소 노동자 분들. 내 삶의 기둥
하나를 바로 세워주심
-노동자들의 투쟁과 그 삶의 기록을 담으면서 정
작 나의 노동은 임금으로든 무엇으로든 환원되
지 않는다고 느낌
-노동자 아저씨들을 보면서 노동의 가치, 돈 버
는 것의 중요성을 느낌
-체 게바라 평전을 읽음
-신념 있는 삶이 얼마나 어려우면서도 행복할 수
있는가를 느낌

영화 연출부 업무 종료

2014	부산MBC <라디오시민세상> NGO 뉴스 코너 맡아 녹음

2014 부산MBC <라디오시민세상> NGO 뉴스 코너
맡아 녹음
-지역사회 소식에 많은 관심을 가짐

라디오 녹음과 모니터링을 전면 중단함
-이대로는 안 되겠다며 아무것도 안 하는,
기약 없는 안식에 들어감

파란 트럭과 친구들
-귀인:세 친구. 오리, 등대호지, 현숙
-그 여름의 기억은 날 정말 행복하게 해줌
-내 생애 가장 신나는 여름과 겨울을 보냄

서울에 올라가기로 결정함
-2011년에 만난 한 영화인과 '영화를
본격적으로 찍어보자!' 하는 마음을 가짐
※ 2014년 내내 모니터링 활동은 계속됨
※ 다시 내 삶을 반추하는 길고 깊은 시간

2015	서울에 올라옴
	-동생 자취방에서 시작. 지난한 겨울의 시작

한 영화인과 같이 방을 얻음

여성 영화인 영화 마케팅 수업
-나의 한계를 또 느낌

영화제작사 편집부로 입사
-매일 야근, 상사의 은근한 압박,
견디지 못할 상황이 너무 빨리 옴
-견디지 못할 스트레스란, 내가 이겨내지 못할
압박과 분위기란 이런 거구나 느낌

회사를 그만둠 -좌절

부산으로 도피성 피난
-부산에서 괴로운 여름을 보냄

감독님의 소개로 스타트업 회사 들어감
-어느 정도 안정을 찾고 잠깐의 행복
-부부가 운영하는 회사, 두 분 다 영화인이셨음.

-귀인을 만남. 처음으로 사회에서 존경할 만한 어른 두 명을 만남
-나의 필요를 느끼며 일함
-청소(게스트하우스)에 도가 틈. 한편 회의감
-사장님들의 도움으로 시나리오를 발전시키기 시작

| 2016 | 이 시기쯤 청년 문제에 관심을 가짐 |

회사의 자금 사정이 어려워지며 권고사직
-그동안 나의 근무 태도, 생각을 되돌아 보고 내가 얼마나 못난 직원이었는지 느낌

이때부터 동거인과 사이가 아주 멀어짐
-영화를 찍는 것을 도와주며 회복하려 했으나 안 됨

영화 스크립트 알바

방배동 청년공간에서 수업 들음
-다양한 고민을 가진 비슷한 청년들을 만남.

슬럼프

-동거인과 대판 싸우고 집 나와 부산으로 내려옴

-육아의 길에…

조카 육아만 함. 귀인, 나의 사랑하는 조카

영화를 찍으려고 시도함

-시나리오 작업과 장소 물색

끝없는 슬럼프(자주 온다. 과연 슬럼프인가?)

-영화 찍는 데 실패

2017	다시 서울로
	육아

창작과 사회인

오보

연도별로 정리를 하니까 제가 어떻게 영화를 시작했고, 해왔는지도 보이고 그 중간중간에 했던 것들도 꽤 많더라고요. 특히 2015년에 서울에 처음 올라와서 굉장히 많은 변화를 겪었어요.

영화 제작사를 들어갔다 때려치우고 나온 뒤 부산으로 도피를 했는데 한 달 반 정도 지내다가 다시 올라왔어요. 그리고 제가 연출부로 일했던 다큐멘터리에 참여했던 감독님이 소개해준 작은 스타트업 기업에 들어가서 일하기 시작했어요. 그곳을 운영하는 분들은 전직 영화인 부부였어요. 거기서 외국인들 상대로 콘텐츠를 개발하고, 자료 조사하고, 사진 찍고, 글을 쓰고 이런 것들을 했는데 처음으로 안정감을 느꼈어요.

사회인이 돼서 처음으로 내가 필요한 사람이라고 느끼며 열심히 일했는데 지금 보니 이분들이 귀인이네요. 사회에 나와서 처음으로 존경할 만한 어른을 만난 것 같아요. 영화를 하셨던 분들이라 고민 상담도 많이 해주시고 일하는 중간중간 저에게 여러 가지 다양한 이야기와 조언도 해주셨어요. 재미있게 놀고 다시 시나리오 작업도 시작하고 그랬는데….

일하면서 제가 잘못했던 것들이 생각이 나더라고요. 스물여덟이나 먹어서 아직도 철없고 그랬구나. 죄송한 생각도 들고요. 그래서 아직 연락을 못 하고 있는데(웃음). 그해 6월 메르스가 터지고 회사 사정이 안 좋아져서 그 다음해 2월에 권고사직을 했고 회사를 나와서 또 그런 시간을 보내고. '줌마네' 감독님이 하시는 영화의 스크립터를 시작하게 됐는데 그때까지 잘 회복이 안 되더라고요. 두 번의 좌절을 겪고 나니까 내가 이 경쟁 사회에서 사회인으로 잘 살 수 있을까, 라는 생각을 쭉 하며 지내다가 지금까지 왔습니다.

씩씩이의 기록

1993~95	학교에서 배워왔던 것들과의 결별(ex 대학 동아리, 동아리)	정우의 마른 팬티	몰라도 되는 시점, 못해도 되는 시점	정우, 민수....교사들
95~98	현실: 아무것도 아닌 것에 대한 고민	<어깨동무> 잡지 발행	열심히만 해도 되는 시점	제현 언니
98~00	허리와 무지, 경력단절(00년)	찬호의 '네' 대답	위 좀 되는 걸 확인하는 시간	제현 언니
2004		영화 마이크 잡기, 사진 찍기	어른 여성	오슬

08	아버지의 범적 생애 흔적 지우기	아버지 마지막 병간호	죽음, 상실, 사라짐	아버지
10~현재	아마 주어	?	강박, 책임, 신념, 허승, 도피, 회피, 싸움, 오르락내리락 조울증 같은 상태 어른 여성의 도리 새롭게 배운 것의 실천과 시행착오 (삽질) 잘한 것과 못한 것, 잘해야 하는 것과 못해도 되는 것	대학원 친구, 선생님, '하자', '소풍가는고양이'에 엮힌 인연들, 오솔로부터 이어지는 인연들, 과거로부터 이어지는 인연들, 죽음으로 이어지는 생각들, 상황들

초연의 기록

●
,

1994 즈음	첫 아르바이트	경기도 남양주시	
1995 즈음	베이비시터, 어학연수, 웨이트리스	미국 버지니아주 페어팩스 (집세 무료)	
1996	첫 과외	경기도 남양주시	
1998	여성 문화예술 기획	서울 홍대, 대학로, 양재동	사수들 무서웠음
2001	여성영화제	대학로(극장) 양재동(사무실)	귀인의 씨앗들 귀인1

2001~2003	백수, 학원 강사, 알 수 없는 시간들	서울 염리동 옥탑방	친구들
2003	베를린	노이쾰른	친구
2003~2004	베를린, Bar job, 청소 등등(독일 영화학교 세 군데 이상 떨어짐)	프리드리히샤인 XB 리비흐 (집세 쌈 170유로)	친구들
2004~2005	베를린	노이쾰른 (집세 쌈 80유로)	
2006~2009	학원 전전. 토플, 에세이	서울, 부천, 목동, 강남, 부천	
2009~2011	영화학교 (스시 레스토랑 웨이트리스) 영화 <Cross Your Fingers> 만듦	영국 런던 브릭스턴, 뉴 크로스, 골더스 그린, 해로 (고양이와 함께 여러 번 이사)	귀인2 귀인3 친구들 악귀 1~10

2011~ 2013	쉼	서울 망원동	
2014~ 현재	학원(영어로 수업), 캠프	서울, 목동, 발산, 화정, 서대문	친구들 귀인들
2014	자전거 중독 (자전거 네 대), 수영 시작, 모닝 페이퍼 시작		귀인들
2016	영화 <모모> 만듦		귀인들
2017	학원, 대안학교, 영어 읽기 모임, 수영, 수놓기, 대안학원 준비 중	서울 망원동, 영등포	
2017	집 이사, 젠트리피케이션에 떠밀림	서울 망원동	

베를린에서 망원동까지

초연

저는 연도별로 쓰면서 제가 살았던 곳을 같이 정리했
는데요, 항상 화두는 집이에요. 사실 오늘도 이삿날인데
제 친구가 챙기고 있어요. 망원동까지 뻗어온 젠트리피
케이션 때문에 집을 떠나게 됐어요. 저에게 영화는 뭐랄
까, 현실이 아니에요. 약간 꿈을 꾸는 거 같은 거죠. 아
주 어렸을 때부터 가지고 있던 꿈이었는데 그걸 잡을 수
있게 된 건 어떤 귀인이 있었기 때문이에요.

제가 영어학원 강사를 관두고 옥탑방에서 매일 혼자
뒹굴다 갑자기 벌떡 일어나서 "난 영화를 해야 할 것 같
아. 나 영화가 하고 싶었어."라고 말했을 때 옆에서 "그

럼 해." 그렇게 말해줬던 그 사람이 제 귀인이에요. "왜?"
라고 묻지 않고 "그게 말이 되냐?" 하지 않고 바로 그냥
"그래 해."라고 했어요. 그래서 그때부터 영화를 해야겠
다고 마음먹고 여기저기를 돌아다녔죠.

그러다가 또 귀인을 만난 건 독일 영화학교 세 군데에
다 떨어지고 영국으로 갔을 때였어요. 영어 성적도 안 좋
고 포트폴리오도 별것 없었어요. 다큐멘터리 영화 하다
가 학교에서 5분짜리 영화를 만들라고 해서 만들어 갔
는데 한 선생님께서 그걸 보고 뽑아주셨어요. 그리고
한번은 학생들 다 모인 데서 제 영화를 틀어주셨어요.
사실 친구들끼리 모여서 만든 거라 사운드도 정말 좋
지 않았거든요. 다른 학생들은 "무슨 소리인지 모르겠
어요."라고 하는데 그 선생님은 연기가 너무 훌륭하다
고 칭찬하시는 거예요. "이 연기를 보렴, 정말 훌륭하지
않니?"

'어떻게 그럴 수 있지?' '저 사람은 뭐지?' 알고 보니
그 선생님은 영국에서 코미디 영화로 정점을 찍으신 분
이셨어요. 근데 그 코미디가 아주 슬퍼요. 20대 초반에
영국에서 손꼽히는 코미디 클래식 영화를 만든 천재 감

독이었다가 이후 계속 내리막길을 걸으며 인생에서 슬픈 일을 많이 겪으신 분이에요. 아무튼 이쪽 업계에선 BBC 드라마도 만들고 정말 많이 '구르신' 분이죠.

근데 이분이 뭐가 있냐면, 학생들 영화 중에 뭔가 자기가 좋은 게 있으면 완성도를 떠나 너무너무 좋아하세요. 평소엔 엄하시고 칭찬 같은 건 잘 안 하시는 데, 좋아하실 때면 그게 눈에 막 보여요. 그 감성이 저랑 맞았던 거예요. 그래서 저한테는 약간 사회적인 아버지 같은 분이세요. 그래서 그분이 저의 두 번째 귀인이에요. 지금도 연락하고 있고요. 최근에 만든 단편 영화 〈모모〉도 그분이 칭찬을 많이 해주셨어요. "연기가 너무 '러블리'하다." 하시면서. 그렇게 말해주실 때도 너무 기뻤어요. 저의 이 정표고 부족한 부분을 채워주시는 분이에요.

근데 그때 런던에서 악연도 많이 만났어요. 악귀 1부터 10까지 다요. 그래서 한때…아니, 그 얘기는 하고 싶지 않아요. 그 모두가 너무 힘들었죠. 그 이후로 좀 아팠어요. 돌아와서 오랫동안 쉬었고요. 그래서 영화를 오래 못 했어요. 2011년에 졸업 작품을 만들고 쭉 못 하다가 작년에 만들었으니 그 기간이 길었죠. 그사이에 또 소중한 사람들을 만났어요. '무지개공방'이라고 지금도 같이 작업하고 있는 친구들이에요. 그들이 바로 제가 다시 창조적인 일을 할 수 있도록 도움을 준 귀인들이에요.

아, '줌마네'도 귀인이에요. '줌마네' 산책학교에서 같이 그림 그리고, 산책하고, 얘기하고. 작년에 그런 활동을 했는데 거기서 엄청난 힘을 받았어요. 오솔한테는 영화를 만들면서 실질적인 도움도 받았고요. 스태프들을 소개해주셨거든요. 저는 〈모모〉를 만들면서 이들은 하늘이 내려주신 사람이라고 생각했어요. 그 오랜 시간, 무려 6년 동안 다신 영화를 못 할 거라고 괴로워했던 시간이 어느 순간 '탁!' 끝나고 스태프들과 미팅하고 세트 현장 보니까 너무 좋고 재미있고 신기하더라고요. 지금도 저한테는 그게 꿈같아요. 약간 현실이 아니에요. 저의 현실은 학원에서 애들한테 영어 가르치고 집세 내고 집주인하고 싸우는 건데, 영국에서 영화 공부하고 한국에 돌아와서 영화를 만들고 이러는 건 약간 꿈 같은 거예요.

악귀들 중에는 같이 영화를 만들었던 스태프들도 있어요. 영화는 저한테 고통스러운 거예요. 창작은 고통스럽고 사람을 만나는 것도…흔히들 '사람 독'이 오른다고 하잖아요. 그런 것 때문에 많이 아프기도 했고. 그래도 저에겐 꿈이에요. 제일 행복한 때가 언제냐고 묻는다면 영화를 만들던 때라고 말하고 싶어요. 전 아직 장편 영화는 만든 적이 없고 단편 두 편을 만든, 알려지지 않은 무명 감독이지만 계속 해나가지 않을까? 그런 생각이 들어요. 그게 없으면 제가 딛고 있는 현실의 이 모든 블랙 코미디가 정말 슬픈데, 영화가 있다는 것 하나만으로 그게 다 웃음으로 승화될 수 있는 에너지가 나오는 것 같아요. 그런 게 저한테는 영화인 거죠. 그래서 힘들어도 앞으로도 계속해 나갈 것 같아요.

소영의 기록

;

10대 이전	발레 영화 <분홍신>	EBS
	무용부 생활 -뒤에 있어도 좋아!	

| 10대 | 춤을 기다리던 시간
-어떻게 해야 할지 모름
-기타, 수영, 사격, 그림…
할 수 있는 것들 사이로
떠돌아다님
-매일 일기 쓰기 시작
'나는 춤추고 싶다' | 귀인)
국어 선생님,
"매일 꿈을
일기에 써.
하루도 놓치지
않으면 언젠가
이루어질 거야"

악인)
국어선생님,
꿈 발표 시간에
나를 비웃음 |

고등학교	무기력해짐	귀인)
	오빠의 취업으로 무용학원 3개월	고3 무용 선생님, 담임 선생님, 체육 선생님, 이과반 수학 선생님의 응원과 지지를 받음
	오빠의 입대로 학원 중단	
	다시 무기력해짐 포기, 좌절, 절망	귀인) 무용학원 선생님
	고3 새 무용 선생님 부임	
	선생님의 지지를 받아 홀로 연습 시작	
대학교	고3 7월 무용학원 들어감. 6개월하고 대학을 들어가는 기적이 일어남	귀인) 행정실 조교 선생님, 많은 장학금 정보를 알려줌
	춤 생활을 유지하기 위해 장학금과 아르바이트에 많은 시간을 투자함. 그래도 행복했다	

	엄마의 심해지는 우울증, 그리고 대학원 입학 포기	
20대 중반	IMF로 가장이 됨	귀인) 안양뮤지컬 극단장, 무용학원을 빌려줌
	무용학원 운영. 연습실도 있지만 내가 원하던 춤을 추지 못함. 열심히 돈을 벌어 엄마를 갖다 줌	
	꿈이 돈벌이 수단이 되면서 몸과 마음이 피폐해짐	악인) 무용학원 선생님 '빽이 없어 넌 안 돼'
20대 후반	오빠의 취업, 아빠의 복직	
	모아놓은 돈으로 대학원 입학 -알바 안 해! 장학금 안 받아!	
	여권을 만듦	
	나의 춤을 찾아 방황 원하는 방향대로 추고, 배우기 시작함	

30대 초반	비전공자도 나처럼 춤이 행복할 수 있을까? 그 느낌을 알게 하려면 어떻게 해야 할까?	
	수업을 열기 시작. 혼자 연습실에 앉아 있기를 몇 개월, 차차 사람들이 오기 시작	
30대 중반	직업과 춤에 대한 가치관이 어긋나기 시작함	그동안 내 주변에서 살랑였던 3인방, 어느 날 사라짐. '잊지 않을 거야 너희!'
	프랑스 유학 결정, 합격	
	그러나 가지 않음. 이미 지쳐 있는 나를 발견함	
	결혼	

30대 후반~ 현재	출산 그리고 육아	귀인) 멈춤의 시간 동안 내가 춤추는 사람임을 이어가게 해준 나의 동료, 친구, 제자 윤경, 경희
	멈춤이라는 춤을 추기 시작	
	살아오면서 많은 이야기들이 나의 몸에 담겨졌다	
	내 몸은 세상을 담는 그릇과도 같다	
	매일을 살고 있다	
	마치 삶을 추는 것 같다	
40대 이후	모든 생의 목표가 춤이었다	
	춤과 삶은 완전히 분리되고 몸을 매개로 순환되고자 한다	

춤 가이드

소영

다른 분들 얘기를 듣고 저는 생각보다 참 단조롭게 살았다는 생각이 드네요. 드라마틱한 순간도 있었지만 저는 일찌감치 내가 하고자 하는 일을 정해서 그 목표를 향해서 갔기 때문에 큰 갈등은 없었어요. 해야 할지, 말 아야 할지보다 이걸 하기 위해 내가 무엇을 할 수 있는 지를 더 많이 고민했던 것 같아요. 중간중간에 나를 회 복시킨 순간들이 있다면 그건 기다리는 시간이었고 어 떤 면에서는 포기하는 순간들이기도 했어요. 크게 세 번 의 포기가 있었는데, 첫 번째는 고등학교 1학년 때 오빠 가 입대하면서 무용학원을 못 다니게 된 일이에요. 오빠가 학원비를 줬거든요. 그때 포기할까 했는데 귀인이 나타났어요. 학교에 무용 선생님이 오셨고 무용실 문을 열어주셨죠. 왜 그러셨는지 모르겠어요. 특별한 재능이 보였나?(웃음) 그렇게 일반적인 방식으로 연습을 하지 않았는데도 기적적으로 대학을 갔죠.

그러다 대학 4학년 때, 엄마가 우울증에 걸리고 IMF가 오면서 가장이 됐어요. 대학원을 특차로 들어갔는데 다닐 수 없어서 포기했어요. 그 순간들이 어떻게 보면 절망의 시간이었지만 한편으로 저한테는 휴식의 시간이기도 했어요. 왜냐하면 좋은 환경에서 춤만 추면 됐던 게 아니라 춤추기 위해 모든 걸 최소화했던 시절이거든요. 그때 그 어려운 시기에 끝까지 고집했다면 힘들었을 거예요. 더 못 했을지도 모른다는 생각이 들어요. 괴롭긴 했지만 나름대로 충전의 시간이었죠.

우여곡절 끝에 대학원을 졸업하고 나서 또 한 번, 혼란의 시기가 있었어요. 집안 형편도 좀 나아지고 부모님 상태도 괜찮아졌는데 이제 내 작업에 대한 갈등이 있었어요. 그러다 한국에서는 더 못 하겠다, 싶어 프랑스 학교에 지원서를 냈어요. 아주 유명한 학교였고 안무가 과정이었죠. 붙으면 가려고 준비를 하고 지원금도 따냈어요. 그리고 붙었는데 갑자기 가기 싫어졌어요. 이유는 모르겠지만 가기가 싫어서 안 갔어요.

다녔다면 인생이 달라졌을지도 몰라요. 제가 어느 학교 교수가 됐을지도 모르고. 그런데 인생이 바뀌었을지는 모르지만 내 상태가 바뀌었을까 하는 생각이 들어요. 왜냐하면 거기 가기 전에 이미 너무 많이 지쳐 있었거든요. 나는 단지 춤을 췄으면 좋겠는데 경쟁에 놓이면서 내가 원하지 않는 것들을 훨씬 더 빨리, 많이 해야 되는 것에 지쳤어요. 그래서 어떻게 보면 포기지만 어떻게 보면 충전이었던 시간이고 그 시간이 아니었다면 지금까지 춤추지 않았을 것 같아요. 그때 내가 프랑스 학교에 가서 내 에너지를 다 소모해 버렸다면, 어쩌면 그러지 않았을까? 그런 생각이 들어요.

그리고 결혼하고 육아하는 그 어마어마한 시간! 포기와 선택의 시간을 오가며 약간 '근육'이란 게 생겼어요. 탄력이랄까? 늘어지지 않는 것. 늘어질 무렵에 어떤 계기로 탄력으로 당겨오는데, 제 의지로 당겨올 줄 알아요. 이번에도 그럴 줄 알았어요. 그런데 육아를 시작하니까 먼 얘기 같아요. 마치 전생인 것처럼(웃음).

바로 그 7년의 세월 동안 내가 춤추는 사람임을 계속 확인시켜 주는 사람들이 내게 와줬어요. 그들을 춤추게 하기 위해서 저는 가이드가 되어 내가 그동안 춤을 추었던 모든 기억을 상기해서 조언해주고요. 이들과 같이 나누는 시간에 저는 다시 춤추는 사람인 거죠.

그렇게 연명하다가 '몸춤'이라는 작업실을 열면서 가이드의 시간이 본격화된 거죠. 바느질에 비유하자면 박음질처럼 촘촘하게 갈 수도 있고 오버로크처럼 올이 풀리지 않게 갈 수도 있지만, 천을 잘 접어서 홈질로 할 수도 있다. 그래도 무언가 이어지고 있다. 그 끝을 내가 매듭짓기 전까진 다시 이어갈 수 있고 다시 시작할 수도 있다, 이런 느낌이에요. 활기차게, 힘 있게 살아가는 것도 좋지만 이렇게 가늘게 휘청휘청하면서도 어쨌든 가고 있잖아요? 좀 불안하긴 하지만, 그것도 방법이라는 생각이 들더라고요.

정미의 기록

초등학교 3학년	몸의 능력에 대한 자각 '철봉까지 잘했던 아이' - 몸의 움직임에 대한 두려움이 있던 나에게 철봉을 가르쳐줌. 이후 내 몸의 힘과 능력에 대한 자각이 생김	몸으로 노동을 할 수 있다는 자각
고등학교	인문에의 관심 '책만 읽던 아이' - 조용히 책만 읽던 친구가 있었음. 아마 도서실 체 내부 분을 다 읽었던 듯. 주위에 자랑도 하지 않는 과묵한 친구. 도서실을 왔다 갔다 하는 손에 다섯 권 정도의 책이 들려 있었음. 어느 날 엿찍 보니 내가 모르는 사람 'OOO평전'이 있었음	멋짐에의 꿈

대학교	항소이유서 - 지력의 갈구와 표현의 수월성을 생각하게 해준 글	좋은 사람에의 꿈
	선배 김○○ - 지혜로운 인간이 어떠해야 하는가? 자신의 형식을 만들어 가는 모습	
결혼 이후	첫 아이 - 30년간 최고로 잘한 일이라 여겨짐	
	사기꾼 - 짐 지을 때 만난 사기군. 이를 수긍하면서 나의 면모가 전면적으로 드러남	
	최○○ - 일을 만드는 사람. 장애아 부모로 지금은 '제움'이라는 공간을 만들어 활동	

바람이 불어오는 곳

경미

쓰다 보니 어제 못다 한 얘기가 생각이 나서, 그 얘기를 할까 해요. 실은 곧 자전거 수리를 배우려고 해요. 제가 몇 년 전부터 자전거 타는 걸 좋아하게 됐는데 나중에 좀 더 나이 들어서 시골 같은 데 살면서 사람들 자전거나 오토바이를 고쳐주고 싶어요. 나한테도 필요하고 같이 어울려서 사는 기반이 되지 않을까 싶거든요. 그리고 그동안 조금씩 해왔던 글 쓰는 작업을 어떻게 표면화할까도 생각 중이에요.

요즘엔 돈은 어떻게 되겠지, 이런 생각이 들어요. 돈이 많은 것도 아니고 오히려 부족한데 아휴…굶어 죽지 않으면 됐다 싶어요. 살아보니 돈이 필요할 땐 어떻게든 생기더라고요(웃음). 그래서 돈에 대한 마음은 조금 편해요.

아이들에 대한 것도…애가 셋인데 아주 열심히 키웠어요. 그 '열심히'라는 게 지금 제 입장에서는 '후회 없이'예요. 엄마들 치맛바람 이런 게 아니라 내가 애들한테 줄 수 있는 최대한의 것들을 해주는 거. '다시 키워도 더 잘하지는 못 해.' 이런 생각이 들 정도로. 그래서 애들에 대해서도 마음을 놓았어요. '이젠 내 몫이 아니야. 애들 몫이야.' 하는 마음. 실은 요새 남편도 부산 가 있어서 아주 편하고 여러 가지로 좋아요(웃음). 일단 아침 6시에 눈을 뜨면 자전거 타고 횡 하고 나갈 수 있다는 게 너무 좋은 거예요. 아침밥을 하지 않아도 되고. 밤 11시, 12시까지 도서관에서 공부하고 언덕길을 내려올 때 그 바람을 느끼며 이게 자유인가 보다, 이러면서 요즘 꽤 괜찮게 지내고 있어요.

나음의 기록

5~7세
(70대 후반~
80대 초반)

'할머니의 장부', 시장, 돈

-어린 시절 할머니 집에서 보낸 시간들은 여성의 노동과 돈의 의미를 각인하는 순간들
-할머니의 외상 장부를 정리하고, 일숫돈을 받으러 다녔던 기억들

15~16세
(1988-1989년)

'본조비와 마이마이', 과외(지식노동의 시작)

-처음 노동으로 돈(화폐가치)을 뻘었던 경험
-공부 잘하던 셋째 딸이 동네 중학생 과외
-과외비로 갖고 싶었던 카세트 플레이어(마이마이)를 삼

25~26세 (1997~1998년)	이주노동(IMF), 시드니 오페라하우스, 할아버지의 초콜릿 -대학원 1년 휴학, 호주 시드니로 무작정 떠나 생존했던 경험 -돈 벌려면 일을 갖고 시작했던 외국생활(돈이 떨어져서 오페라하우스가 보이던 항구에 앉아 울던 기억) -일본 레스토랑에서 서빙 아르바이트 시작(7일 노동으로 생활비 벌기) -청소 할아버지와 친해져서 음식과 이야기를 나누던 주어 -귀국을 앞두고 있을 그만둘 때 할아버지에게 받았던 초콜릿 상자
39~40세 (2013~2014년)	이주여성의 경험, 치앙마이 레스토랑 -이주여성과 함께 이주여성으로 일했던 경험 -외국에서 레스토랑을 창업했던 시기, 언어적·문화적 차이 속에서 노동하며 내공을 쌓았던 시기) -제이, 트렌스젠더, 소수민족 직원들 -밤마다 고된 노동을 마치고 숙소 수영장에서 마시던 레오 맥주

외전

'폭망의 역사', '삽질의 시간들'

'폭망의 역사', '삽질의 시간들'

-2000~2001년 대학원 졸업 후 무수한 이력서 제출, 첫 직장

-게임 개발하는 IT벤처(한글 문서 작성밖에 못 했던 시기))

-3개월 동안 쳇 요약만 시키던 사장님

-정확히 1년만에 게임 오픈도 못하고 망했던 회사

-이력서에 넣을 수는 없지만 이미 있었던 일의 경험

-프로젝트 관리, 다양한 분야의 지식과 정보를 콘텐츠로 기획하는 능력을 다짐

(→이후에도 세대로 망하는 방법에 대한 통찰력을 주었던 일 경험이었음)

새로운 일들의 역사

나윤

저는 경험의 독립성을 기준으로 묶어봤어요. 어렸을 때와 청소년기에 돈에 관련된 일화들이 있고, 이주 노동의 경험은 두 가지가 엮여요. 제가 치앙마이에서 1년 살았는데 그전에 20대 때 호주에서도 1년 있었어요. 돈 백만 원 들고 가서 1년을 생존했죠. 호주에서의 1년과 최근 치앙마이에서의 이주 노동, 이 두 개가 저의 일 경험에서 많은 것들을 관통하고 있어요.

그다음에 여행과 일이 서로 묶이는 시기가 가장 최근인 것 같아요. 여행을 계속 다니면서도 여행을 일로 해보겠다는 생각을 한 번도 해본 적이 없었는데 우연히 여행사에서 일하게 되면서 지금까지 여성과 여행에 관련된 일을 하고 있어요. 어떻게 보면 지금 새로운 일의 역사를 쓰고 있다는 느낌이 들고요. 그 밖에 번외 편이 있어요. 직장을 옮겨 다녔던 사이사이 짧고 굵었던 '폭망'의 역사와 삽질의 시간들, 이런 걸 키워드로 정리했죠.

어릴 때 할머니가 키워주셔서 유년과 청소년기에는 할머니와 관련된 얘기가 많아요. '할머니의 외상값'이 있어요. 할머니는 서대문 영천 시장에서 꽤 오랫동안 장사를 하셨어요. 꼬맹이였던 제가 혼자서 한글도 깨치고 더하기, 빼기, 곱셈 이런 걸 하니까 할머니가 저한테 일을 시키셨는데, 그게 뭐냐면 외상 장부를 기록하는 거였어요(웃음). 일수 수첩 같은 거에 한 장 한 장 누구네 얼마, 이렇게 기록하는 거예요. 심지어 저를 앞세워 외상값을 받으러 다닌 적도 있었고요. 여성의 시장 경제에서 돈이 어떻게 돌아가는지 조기교육을 받은 셈이죠(웃음). 여자들한테 일이 얼마나 중요한지, 여자들이 어떻게 자기 새끼들과 가족들을 먹여 살리는지를 아주 어릴 때부터 보고 자랐고 그걸 체감하면서 건설적인 경제 관념을 익힌 것 같아요. 일하면서 나에겐 할머니의 시장 DNA가 흐르고 있다는 걸 많이 느껴요. 전 백화점이나 야외 매대 같은 데 나가면 진짜 잘 팔거든요(웃음).

번외 편으로 정말 재밌는 이야기가 있는데 제가 대학원 졸업하고 나서 이력서를 엄청나게 넣고 다녔어요. 당시 IT 벤처 회사들이 잘 나가던 시기였는데, 한글로 논문 작성할 때 빼고는 컴퓨터를 안 써본 저를 뽑았죠. 결론적으로 1년만에 망했어요. 딱 12개월만에. 사장님도 아주 독특한 분이었어요. 처음 3개월을 신입 직원들한테 계속 책만 읽혔어요. 책을 읽고 요약하라면서요. 온갖 종류의 책을 다 읽었어요. 처음에는 A4 두 장으로 요약하고 그다음에 한 장, 그다음에 반 장, 마지막으로는 한 단락으로 요약하라고… '미쳤나?'(웃음) 속으로 그랬죠. 논문도 썼는데 내가 그것도 못하겠나 싶었는데 그분은 저한테 콘텐츠 기획을 맡기고 싶으셨던 것 같아요. IT 벤처지만 기술적인 것보다는 게임 개발을 하고 있었거든요. 아무튼 그런 짓을 했으니 1년만에 망했죠. 그 1년 동안 투자자들한테 돈 끌어와서 사업을 했는데, 게임 개발을 최종단계까지 갔는데 오픈을 못 하고 망했어요. 비용이 없어서요. 일고여덟 명이 1년 동안 삽질을 했는데 결과도 못 보고 '폭망'했어요. 그런데 다른 면에서 의미가 있었어요. 사장님이 딱 11개월째 되는 날 모두 모이라고 하더니 다음 달까지만 월급을 줄 수 있다는 거예요. 자기가 노력은 해봤지만 안 됐고 그러니 다음 달 되기 전에 각자 살길을 찾아라, 내가 할 수 있는 건 퇴직금과 마지막 월급밖에 없다. 이렇게 아주 깨끗하게 정리해주었어요.

그땐 그런가 보다 했어요. 그 후에 제가 벤처 기업에 5년 정도 있어보니 이분이 굉장히 분명하셨고 망해도 이렇게 깨끗하게 망해야 된다는 걸 알게 됐어요. 곧 망할 회사도 사람은 계속 뽑고, 6개월간 월급도 못 주면서 돈이 곧 들어올 거라고 사기 치고. 그러는 사람들이 너무 많아요. 임금 체불과 이직, 계속 이런 게 반복되니까 잘 망하는 것도 중요하다는 걸 깨달았죠. 망할 때는 깨끗하게 망해야 되고 자기가 언제 망해야 되는지 시점도 잘 알아야 하는 것 같아요. 그렇게 제대로 망하지 않으면 다음에 새로운 시작을 못 해요. 계속 뭔가가 남아 있어서 문제가 끝나지 않으니까.

차차의 기록

,

① 생활력 살림의 기술	1985년~	둘째
	2011년~	소풍가는고양이
② 문화. 감각	초등 시절~	라디오, 토이 → 에너지
	2004년	텐바이텐 → 여자 어른들의 놀이
	2007~09년	서울문화재단 → 자기만족
③ 일. 삶. 가족	2009년	하자센터 → 판돌
	2010년	하자센터 연금술사 프로젝트 → 취약계층
	2011년~	하자센터 소풍가는고양이 → 일&삶

	2016년~	결혼 → 가족
④ 업무기술 (알쓸신잡?)	2007년	중국 인턴
	2008년	논문 → 교수
	2010년	하자센터 연금술사 프로젝트 → 회의, 기안…
	2012년~	㈜연금술사 → 세무, 회계, 노무, 경영…
⑤ 관계	2001년	친구 → 정상
	2004~08년	판촉 → 경지
	2011년~	소풍가는고양이 → 동료, 손님, 주변인

살림의 기술

차차

사실 저의 기록은 간단해요. 연도라기보다는 지금 나를 구성하고 있는 것들을 쓰고 그것과 관련 있는 일들과 시간을 다섯 개로 나눠봤어요. 적고 보니까 하나당 두세 가지의 기억이 있어요. 그중에 지금도 진행 중인 것은, 살림의 기술을 계속 키워가고 있다는 것. 그리고 일, 삶, 가족에 대한 것들과 관계에 대한 것들을 계속 고민하고 있어요. 그런데 지금 진행 중이라고 생각하는 것들의 핵심에 또 나의 일터가, 드러내고 싶지 않은 그 일터가 있는 거예요. 그래서 외면하고 싶었지만 외면할 수 없는, 지금 나를 구성하고 있는 가장 큰 것이 나의 일터라는 걸

재차 확인하게 됐고요.

또 한번 확인한 건, 어쨌든 제가 '하자센터서울 시립 청소년 직업체험센터'에 인턴으로 있었고 센터에서 '연금술사 프로젝트'라는 것을 하고, 그 프로젝트가 주식회사로 독립해 지금의 '소풍가는고양이'로 이어지고 있는 건데요. 하자센터 안에 프로젝트로 있었을 때와 독립해서 주식회사로 있는 지금 일터에서 내가 본 것들, 느낀 것들이 조금씩 다르다는 걸 이번에 정리하면서 알게 되었어요.

나한테 8년이라는 시간이 그냥 통으로 있다고 생각했는데, 그 8년 중에서 인턴으로 있었던 7~8개월, 프로젝트로 있었던 2년, 그리고 창업 후 지금까지 5년. 이것들이 조금은 구분되더라고요. 그리고 이제 4개월 휴가 기간에 여러 가지 생각을 하겠지만 휴가가 끝난 후에는 아마도 오늘 쓴 것과 다른 기록이 나올지도 모르겠다는 생각이 들어요. 안 나오면 안 나오는 대로 살겠죠? 제가 해보려는 건 비워두는 걸 연습하는 거예요. 잘 내려오는 것도 해보고, 비우는 것도 해보고. 4개월 뒤에 어떤 이력서가 되든 혹은 빈 종이가 되도 힘들어하지 않고 스스로 잘 받아들일 수 있길 바랍니다.

유이의 기록

;

1985	또문 창간호 출간기념회	또문 동인들
	박산부인과	일일자원간사
1986	미국 영사과 이민자 인터뷰	입양아, 중학교 동창
1988	가톨릭 사회운동 조사 프로젝트	윤 선생, 가농
	가농 회관 자료실 정리	정 신부와 농민회 리더들
1991	고정희	고정희
1992	또문	조한

1993	출판	안이
1995	배낭출장/여행	한열수사, 떼제 친구들
1996	여행 소모임	출판 식구들
2000	안식월	무스메
2001	새 편집 식구, 채식	현정
2003	우리몸우리자신	이미경
2004	영국, 독일 여행	희원
2005	또문식구들	요, 지렁이, 로바
2007	산티아고 도보 순례	길에서 만난 사람들, 숙소지기들
2008	탈학교 아이들	어딘, 고글리
	지리산 둘레길	시원, 선진
2009	홈스테이 호스트	펠리시

2010	아프리카 트럭킹	남지, 까무, 승달
2011	게스트하우스	손님들
2012	출판과 게스트하우스	조제, 줌마네/블로거
2013	밭데이, 논데이	우동사
2016	쿠바 여행, 또문 리모델링	아톰, 인디, 쏘영
2017	밭산책, 지구학교, 화요낮밥	개구리, 거인, 시원요가 친구들
	달밭상: 팜투테이블	거미

관계의 확장

유이

사실 요즘 개인적으로도 이런 정리를 하고 있기는 해요. 책을 쓰려는 생각도 있고 자급자족이나 자립, 실험적인 요리법이라든지 농사와 관련해서도 궁금해하시는 분들이 있어서요. 이런저런 생각을 하고 있어요.

삶의 몇 가지 키워드를 찾는다면 첫째는 '또문'과의 만남이죠. 일과 관련해서 제가 찾아다닌 적은 거의 없고 저한테 온 기회를 선택했는데 다행히 너무 좋은 인연들로 엮였어요. 출판 일을 생각해본 적도 없었는데 하게 되고 다행히 적성에 잘 맞았고요.

또 하나의 키워드는 여행 소모임과 고정희 시인. 고정

희 씨를 인연으로 만난 사람들이 많아요. 그게 여행으로 진화했고요. 대부분은 조금 긴 여행을 할 때는 퇴사나 휴직을 하는데 저는 출판 일을 하면서 시간을 모아 기회를 만들었어요. 그 과정에서 많은 사람들과 접촉하게 되었고요.

산티아고 순례길을 걸으면서 정말 마음에서 우러나오는 많은 환대를 받았고 낯가림이 심한 편인데 사람 사귀는 법도 배웠고요. 그때 만난 스위스 출신의 한 도보 순례자는 와인을 만드는 남자였는데 1년 중에 9개월은 일하고 나머지 시간은 여행을 다닌다더군요. 안 가본 곳이 없고, 여행하면서 언어도 익히고. 그걸 보면서 1년에 한 달은 쉬어도 되겠다, 그런 생각을 하게 됐어요. 그러다가 재정 상황이 안 좋아서 쉬게 된 기간에 아프리카 여행을 다녀오거나 게스트하우스를 하게 되고. '또문'에서 활동하던 친구가 여행학교 로드스꼴라를 만들면서 그 인연이 또 여행으로 이어져 계속 쌓여가는 거예요. 여기서 연결된 친구들이 그물망으로 엮여 서로 만나게 되기도 하고요.

세 번째 키워드는 텃밭과 관련된 인연들이에요. '우동

사에서 지난 몇 년간 논농사 체험을 하다가 올해는 '자연농 배움터 지구학교'에 다니고 있는데 10대부터 60대에 이르는 다양한 사람들을 만났어요. 자급, 자립에 관심이 있는 사람, 치유의 시간과 힐링의 공간을 찾는 사람, 전환의 삶을 살고 싶은 젊은 친구들 등. 자기소개를 하는데 누군가 "전 백수예요." 하면 다들 "저도요." 하면서. 거기는 일반적인 삶의 불안에서 벗어나려는 사람들이 공존해요. 농사도 인간 중심이 아니라 자연의 일부인 인간종의 관점에서, 풀과 벌레와 동물을 적으로 삼지 않고 그들의 관점으로 바라봐요. 그렇지만 먹고 살아야 하니까 최소한의 개입을 하는 농사인데 쓰는 언어가 달라요. 예를 들면 '시중을 들다'라고 해요. 풀 시중, 논밭 시중들기. 지난번에는 '어린 모에 줄 밥을 만들고 있다.'고 해서 그 공간을 '모를 위한 식당'이라고 부르더라고요.

새로운 언어를 익히고 그런 생각을 같이 나눌 수 있는 사람들이 만나는 자리죠. 늘 싸 온 도시락을 나눠 먹곤 했는데 얼마 전엔 한 분이 농막에서 같이 밥을 한번 해 먹자 하셔서 몇 사람이 함께 준비해서 30명 정도가

밥을 같이 나누어 먹었어요. 제가 생각하는 자급이라는
게 지금 당장 귀농이나 귀촌과 연결되어 있지는 않아요.
지금 여기에서 살아가는 삶에 대한 태도죠. 지구학교에
서는 농사 기술을 배우는 게 아니라 살아가는 태도를
배워요.

저랑 텃밭도 같이 하고 지구학교에도 같이 다니는
친구가 있는데, '하자허브'에서 카페지기를 해요. 제가
채식 밥상을 하니까 한번 하자허브에서 채식 밥상을
차리자고 하더라고요. 그래서 사람들을 모아 할 것 같
아요. 작년부터 '또문'에서 한 달에 한 번 하는 '월요채
식밥상' 말고 다른 걸 더 해볼까 생각 중이이었거든요.
사실 텃밭에서 수확하는 게 많지는 않아요. 팜투테이
블Farm-to-Table, 그러니까 농사지은 것 일부를 식재료로
써서 요리를 만드는 정도예요. 그래서 이름을 '밭상'이
나 '밭맛'이라고 할까 싶어요. 외국인 친구들도 초대하
려고요.

얼마 전부터는 요가 가르치는 친구와 화요일마다 숙
소에서 점심을 같이하고 있어요. 그 인연으로 요가수업
수료식에 무반죽 빵과 후무스를 만들어 갔는데 참석자

들이 무반죽 베이킹 수업을 해달라고 해서 빵 만드는 수업을 할 수도 있겠다 싶어요. 이렇게 저렇게 이어진 인연이 또 다른 인연을 낳고 있어요. 저에게 다가오는 인연을 마다하지 않는? 그런 식으로 살고 있어요(웃음).

가람의 기록

● ◝

대학 ──── 동아리/다른 세계/내가 몰랐던 ──────────────── 친구, 선배, 후배

사람 챙기기, 자기 욕심부리지 않고 멤버십 유지

리더십에 대한 고민

나를 믿어주는 사람과 먼저 않았던 사람

대학원 ──── 여성주의를 배운다는 것?
(처음 만난 세계)

올바르게 헤어진다는 것

평생지기 친구, 선배

출근하고도 버는
첫 직장

나와 코드가 맞는 사람과 일하기(프로젝트 연구)

이상과는 다른 커뮤니티였지만 인생 최고의 선택

'일', '역할' - 어떤 사람이 그 일을 할 수 있나 · 상사

진태와 비전

사람을 적재적소에 배치하는 것

출근하고도 버는
두 번째 직장

여성주의가 메인은 아닌, 하지만 불편하진 않았던 · 직장 동료

시민 사회가 어떻게 굴러가는지 조금이나마 알게 됨

전체적인 일을 배움, 1인 다역(기획, 홍보, 워크숍, 전시회, 강좌, 투어)

'영희야놀자'	영화를 배우고 만들고 인생 최고로 행복하고 만족감 높은 시기	부모님, 동료, 선배, 귀인
	난 왜 선배가 많고 후배가 없냐는 게 고민	
	책임감으로 버틴 시기도 있음	
	30대의 모든 것을 이 시간에 다 쏟음	
이후 전망	계속 연출하고 싶다, 하지만 여건이 되어야.	
	정체? 어떤 방향? 생존권이나 제도적 보완에 관심을 갖은 시기	
	오지랖을 그만 부리자, 생색내지 말자	

배움의 연대기

가람

저도 시기별로 정리했는데, 조금 건조한 것도 같네요. 다른 분들 이야기를 들으면서 전 그냥 좀 더 귀인에 관해서 이야기하고 싶어요. 영화 일을 오래전부터 하고 싶었는데 좀 안정적인 걸 추구하는 성격이어서 항상 뒤에 구멍을 만들어 놓고 계속 20대를 살았던 것 같아요. 제가 왜 교사 자격증이 있냐면, 혹시 모르니까…졸업하기 전에 아주 열심히 해서 땄죠. 아무튼 그런 식으로 보루를 계속 만들면서 서른이 됐고, 그래도 영화감독을 하고 싶었어요. 그래서 직장을 그만두고 영화 유학을 가야겠다고 생각했어요. 그때 세 명의 선배들과 함께 만드는 첫 번째 장편 다큐멘터리에서 조연출을 맡고 있었는데 그만두고 유학을 가야지 했던 거죠. 그런데 선배 언니들이 저를 불러서 비싼 밥을 사주면서 유학 가지 말고 조연출을 끝까지 하는 게 너한테 더 좋을 거라고, 회유와 설득을 했어요. 그때 결정을 잘한 것 같아요. 유학 안 가고 작품을 끝까지 한 경험이 저한테 의미가 있었고, 그래서 그때 그 순간이 지금도 또렷이 기억에 남아요.

아무튼 그렇게 영화를 하게 되었는데, 이제 생각해보니까 꽤 시간이 지났더라고요. 정말 좋아서 시작했는데 요즘은 '왜 이렇게 괴롭지?' 하는 생각을 해요. 어제랑 오늘 계속 다른 분들의 이야기를 들으면서 생각해보니 제가 너무 주변의 시선에 매이게 된 것 같아요. 영화 작업은 언제나 수많은 평가의 대상이 되니까 이런저런 말들에도 영향을 많이 받고…그게 저에겐 악연으로 다가오는 거예요. 그래서 다음 작품을 생각할 때면 내가 만족하고 내가 하고 싶은 이야기가 아니라 '이걸 사람들이 좋아할까?' 아니면 '이 이야기가 지원을 받을 수 있는 이야기인가? 제작비가 생길까? 배급이 될까?' 그런 식으로밖에 생각이 돌아가질 않는 거예요. 그러다 보니 앞길도 안 보이고 매몰되는 것 같고….

　조금 더 나한테 집중해야지 길이 보이겠다, 오늘 이런 생각이 들었어요. 요즘 안 좋은 이야기들을 너무 많이 들어서 마음이 혼란했는데 자신한테 집중한다는 게 뭔지 생각할 계기가 된 것 같아요.

하리의 기록

;

여성주의 언어

계기: 대학시절 총여학생 선거에 비서로
참여하면서 여성주의와 만남

확장
① 잡지 <두입술>을 통해 여성주의
문제의식 키우기. 기획의 즐거움.
언어와 매체의 의미에 대한 생각들,
편집장의 일에 대해 배우기
② 온라인 커뮤니티 '언니네'로 문제의식
연결, 졸업 후에도 '여성주의로 먹고살기'
실험. '웹진'이라는 새로운 매체 형식
배우기
③ 문화기획집단 '영희야놀자'로
다른 방식의 여성주의 문화기획 실험.
영화와 다큐멘터리의 만남

영화	계기: 단편 <다시(감독 이숙경)> 연출부에 참여, 다큐멘터리에 대한 관심
	배움과 시도:
	① 미디액트 <초보 비디오 프로젝트>, <독립영화 제작과정> 통해 기본적인 영화 문법 배우기
	② 한 편의 단편 극영화, 한 편의 단편 다큐 제작으로 감 익히기
	③ <어떤 개인 날(감독 이숙경)> 등 장·단편 영화에 스태프로 참여하며 현장감과 협업의 과정 익히기
	④ 장편 다큐 <왕자가 된 소녀들>로 영화계 입문?
	⑤ 영화를 지속할 수 있을까 고민하던 중 <소장님의 결혼> 연출
	현재의 관심사: 여성주의로 영화하며 행복하게 먹고 살 수 있을까?
	돈벌이를 위해 익힌 기술들: 편집, 기획, 교열, 번역, 영상촬영/편집

인연들	여성주의와 만나고 고민을 심화하는 데 영향을 준 ○○
	안정된 밥벌이 없이도 살아갈 수 있는 힘을 주고, 영화를 지속하게 등을 밀어주는 ○○
	여성주의 친구들
차기작 후보	82세 사춘기

82세 사춘기

하리

저는 평소 쓰던 프로필을 키워드 위주로 재구성했어요. 저도 원래 프로필을 쓰면 그중에 돈이 되는 게 하나도 없어요(웃음). 제일 먼저 나오는 게 학교에서 만들었던 잡지 〈두입술〉 편집장. 돈이 안 됐죠. 그다음에 졸업하고 친구들과 만든 여성주의 웹진 '언니네', 이것도 돈이 안 됐죠. 그러다 영화로 넘어가면 더 돈이 안 되죠(웃음). 그걸 하나씩 쓰면서 이 일들이 나에게 어떤 의미인가를 덧붙여 봤어요.

제 인생 키워드로 '여성주의 언어'라고 적었는데, 사실 여태까지 한 일이 어느 정도 일관된 것 같아요. 어떻게 여성주의로 돈을 벌어 먹고살까, 뭐를 만들 수 있을까? 이런 고민이었고 그래서 잡지도 만들었다, 웹진도 만들었다, 영화도 만들었다, 그러고 있어요. "그래서 도대체 하는 일이 뭐야?" 물으면 항상 모르겠고 어쨌든 최근까진 영화를 만들었으니까 영화 만드는 사람이라고 하긴 해요. 하지만 나의 정체성은 정말 영화를 만드는 사람일까? 계속 물음표는 있어요. 첫 영화를 하고 나서도 '영화를 계속할까? 할 수 있을까?'라는 질문이 계속 따라다녀요. 그 후로 연출은 하지 않고 함께 작업하는 팀 작품의 프로듀서를 하다가 지금은 오솔의 프로듀서를 하고 있는데요. 영화 관련된 일을 계속하고 있기는 한데 안 하는 것 같기도 하고. 뭐라고 정리가 안 되는 것 같아요.

근데 마음은 요즘 아주 좋거든요. 삶이 참 평탄하다고 해야 할까? 그냥 좋네요. 왜 좋은가를 가만히 들여다보니 창작 활동을 하지 않는 게(웃음)…그게 정말 마음을 평온하게 해요. 그런데 내가 왜? 마음도 몸도 괴롭고 돈도 안 되는 걸 또 하려고 할까? 창작하지 않고 그냥 쭉 이대로 살면 좋겠다는 마음도 들죠. 그런데 또 웃긴 것이 창작을 안 하고 있으면 저는 놀고 있는 사람이란 느낌이 들어요. 일들을 계속하고 있으면서도 '나는 그냥 놀고 있어, 쉬고 있어.'예요. 뭔가 고생을 하지 않으면 '나는 논다'로 동일시되나 봐요. 이건 대체 뭘까. 왜 놀이와 일을 일치시키는 게 아니라 고통과 일을 동의어로 매치하고 있는 걸까요?

앞으로 어떻게, 뭘 먹고사느냐는 별로 걱정 안 해요. 어떻게든 먹고는 살 수 있다는 근거 없는 믿음은 항상 있었고, 지금까지 계속 살아졌으니 앞으로도 살아질 것 같은 느낌. 아까 고생한 이야기들을 많이 하셨는데, 비슷한 맥락으로 저도 회사 다니며 고생한 기억들이 있긴 해요. 하지만 지금 상태가 좋기 때문에 그땐 그랬지, 하고 그냥 넘어가게 되는 것 같아요. 그냥 어제의 나보다는 지금의 내가 좀 더 괜찮은 것 같다, 만족스럽다, 그럼 되는 것 같아요.

꽃바람의 기록

·

,

1994. 7 (대학교 1학년) -비정규	소안면사무소 사무보조 알바 -혹서기, 돌돌 말려 오는 팩스, 복사가 주 업무, 개심심	당시 카풀 해주던 주임님 (2017년 면장 으로 부임)
	김일성 사망, 섬 남친과 헤어짐	
1997. 1~2 (대학교 4학년) -비정규	학교 앞 편의점 알바 -《토지》를 펼쳐 놓고 읽음	바뀐 매니저, 간밤의 내 모습이 찍힌 CCTV를 증거로 혼냄

1998. 5~10 (대학교 5학년) -비정규	피자집 설거지 알바 ─────── 월세 17만 원	나를 잘 봐준 조폭같이 생긴 주방실장 vs 파스타면으로 성희롱한 총각
1999. 3~ 2000. 7(25~26) -비영리	노동상담소 인턴 - 월급 50만원 -밀려오던 실직자, 결연 신청자 상담 그리고 자괴감	전화통 붙잡고 살던 소장님, 삔 손목에 겨자 찜질만 하다가 증세 악화
2000. 9(26)	김발작업 -생각할 겨를 없는 육체노동의 날들 -밤낚시, 반짝이던 바다	
2000. 11~ 2001. 1 -비정규	유○○ 교수 사무실 ─────── 청와대 방문 결혼 후 서울행(12)	무색무취 호인 대학원생 남호 씨

2001. 가을 (4~5개월)	영화 <달려라○○> 팀 기획실	화려하고 복잡하지만 일은 잘 못하는 ○○ 대표
? -비정규	월마트 캐셔 -영혼 없는 날들	
2002. 5~ 2003. 4 -비정규	홈쇼핑 콜센터 주문접수	
2003. 4~ 2005. 3	아이 2명 출산	
2007. 4~ 2008. 5 -비정규	우유배달 -수금의 악몽	내가 못 받은 우유 값은 어떻게 됐을까?
2009. 3~ 2014. 3 -비영리	줌마네 -창작자와 비창작자 그 어디쯤	용기 있는 창작자들 다수 만남

2014. 3~   일산 동화읽는어른 대표
2015. 12   -비영리단체 운영의 시간
-비영리   -가치를 수치화하는 작업
              -자원봉사의 날들

비영리적인 날들

꽃바람

저는 연대순으로 정리를 했는데 나름의 범주로 묶어
보니 '비정규와 비영리의 나날들'이라는 제목이 나오더
라고요. 비정규직은 대표적으로 피자 가게 설거지부터
이런저런 잡다한 알바들. 비영리의 시작은 노동상담소
인턴이었어요. IMF 시절에 졸업하니 전국에서 대학생
을 구제하겠다고 인턴 제도가 처음 도입되었죠. 선배
언니가 일하던 한 노동상담소에 인턴으로 들어갔는데
월 80만 원을 보조해주는 거였어요. 그런데 상담소 역시
비영리잖아요. 월급 80만 원에서 30만 원을 상담소에 기
부하게 했어요. 그게 98년인가 99년인가 그랬는데 지금

생각해보면 왜 이야기를 못 했을까 싶네요. 그렇게 시작해서 비영리와 비정규의 일을 쭉 해왔죠. 스스로 정규직으로 받아들인 일이 있었는데 그건 망해버렸어요. 완전히 까먹고 있었는데 영화사 일이었어요. 영화제작사 기획팀에서 두세 달 일하는 동안 끝내 '펀딩'을 못 받았어요. 그때 했던 주요한 일 중의 하나가 우리 시나리오를 그 비슷한 영화의 시나리오와 비교해서 표절의 요소가 있는지 체크하고 리스트 만드는 거였어요. 그러던 어느 쉬는 날에 제작사에서 전화가 왔죠. "내가 연락할 때까지는 좀 쉬어도 될 것 같아. 다시 연락할게." 그 뒤로 계속 연락이 없고 흐지부지됐어요. 잘하고 싶었는데 그렇게 망해버렸죠.

'안 되는 거구나' 하면서 다시 비정규의 삶으로 돌아갔죠. 마트 계산원도 해보고 콜센터 상담도 해보고 그러다 출산하게 된 거예요. 이후 본격적으로 비영리를 (웃음)…. 마음은 정규직인데 영리는 아니란 말이죠. 동네에서 '동화읽는어른모임어린이 책을 연구하고, 좋은 책을 널리 알리기 위해 활동하는 '(사)어린이도서연구회'의 지역모임'을 계속하고 있는데 거기도 완전 비영리예요. 아줌마들이 동화책을 읽고 토론하고 필요한 곳에 가서 아이들에게 읽어주고 그와 관련된 활동들을 하는데, 다 전업주부예요. 그런데 전업주부들이 이 활동을 상업적으로 할 마음이 없어요. 도서관 같은 데서 "이런 행사가 있는데, 부스 하나 맡아주시고 체험 활동 준비해줄 수 있을까요?" 하는 제안이 오면 소정의 활동비, 하루에 만 원 정도를 줘요. 계속 그렇게 해왔던 거죠. 그래서 활동하는 분들이 돈 받고 프로그램을 하는 거에 대한 심리적 저항이 있어요. "그래도 우리 나름 시민단체인데, 영리적으로 돈 받고 그러면 안 되는 거 아니야?" 비영리가 그런 의미의 비영리가 아닌데, 그렇죠?(웃음) 돈을 번다고 우리가 하려는 일의 본질이 달라지거나 의미가 퇴색되는 게 아니라고 설득을 해도 "아니, 그래도 그러면 안 될 것 같아요."라는 아줌마들과 함께 자원봉사하는 삶을 한동안 살았죠.

'줌마네'에서 했던 문화기획 그리고 동화 모임 활동들이 저의 인생에서 가장 긴 시간이거든요. 양쪽 다 10년 가까이 되는데 이를 나를 구성하는 커리어로 받아들인 지는 얼마 안 됐어요. 최근 이삼 년이에요. 제가 이걸 자기소개에 쓰는 식으로 의미화하게 된 것도 사실 얼마 안 돼요. 어떤 일을 하면, 그 일을 하기 위해서 따라오는 부수적인 실무능력들이 있잖아요. 행사하면 포스터를 만들고, 사람들 섭외하고, 기획하고, 정산하고, 이런 실무 경험과 능력이 생기는 건데. 그런 실무능력까지도 잘 엮어서 앞으로의 삶을 잘 뭉쳐가야겠다고 마음을 먹게 된 것도 비교적 최근이고요.

서른 입구에 글쓰기를 하려고 '줌마네'에 처음 왔어요. 제 마음이 있었는지도 모르는 시절이었는데 어쨌든 아이를 낳고 육아를 하면서 글쓰기를 잡은 게 참 잘한 것 같고요. 그걸 바탕으로 지금까지 동화 읽고 쓰고 활동하고 여러 사람도 만나고 한 것들이 앞으로의 10년을 잘 꾸려갈 저의 도구인 것 같아요.

짱아의 기록

;

대학시절	세상과의 만남 -교회 청년회 (연주, 민중신학 세미나) -과대표, 단과대 학생 회장(여성주의와의 만남)	교회 절친 경진과 배키, 세미나 리더였던 ○○형, 학생회 친구들과 학과 친구들, 한명숙 선생님과 사회학과 김 선생님
졸업 후 1년	방황 또는 모색 -경실련 대학생회 -성대 앞 자취방 동아리(스터디, 시민 사회에 대한 탐구와 활동) -그리고 연애	동아리 선배들, 남친 덕분에 가족이 된 ○○, 어머니 박 여사

전문지 기자 시절	기자라는 정체성 -편집→취재로 -매일 5시 마감	데스크 김○○ 사장, ○○ 부장, 출입처 ○○ 사장
부천여전	활동가 되기 -최초의 활동가, 상담 공부 , 교육 기획	동료들, 날 괴롭게 한 A씨
프리랜서	프리랜서 시절 -줌마네 글쓰기 1기 (여성지, 중소기업 전문지, 사례집)	줌마네 동기들
기획사 시절+ α	욕망과 버팀의 시간 -기획사 팀장 -한방식품회사 팀장	갑질하던 대기업 김 과장, 절대 잊을 수 없는 김 사장과 그의 운동권 후배 김 이사
줌마네	줌마네 기획팀 불이학교	오솔과 기획팀, 경미와 가게팀, 선무도 동아리, 3기 부모들

단절된 시간 잇기

짱아

제가 졸업하고 처음 1년간은 일을 안 했어요. 놀이도 아니고 일도 아니고 운동이라고 하기에는 애매한 '활동'이라는 걸 1년 정도 하고 나서 취직을 했어요. 그때 이후로 1년 이상 연달아 쉰 적이 없더라고요. 그만두면 바로 다음 일로 넘어갔어요, 계속. 빈 공백이 생기면 내가 무의미한 존재가 될 것 같은 그런 마음이 있었어요.

저는 어렸을 때 꿈이 커리어우먼이었어요(웃음). 뭘 하는지는 모르겠는데, 어떤 세련된 여자가 퇴근 후 아무도 없는 아파트에서 멋진 잔에다 뭔가를 마시죠(웃음). 좀 특이했던 것 같아요. 그냥 커리어우먼이었어요. 왜 그랬는지 모르겠는데 저는 딸 셋이 있는 집에 둘째였고 그 둘째라는 위치는…제 경우 항상 주변인이었어요. 늘 뭔가로 툴툴거리는.

제가 시골 할머니네 집에서 한 5년 살았는데 아들인 막내가 태어날 때 할머니랑 덩실덩실 춤을 췄어요. 아들이 태어났다고(웃음). 아빠가 집안 장손이었어요. 할머니가 너무 좋아하시니까 저도 마냥 좋아했던 기억이 있어요. 그렇게 나름 사람들의 흐름에 동조하는 면이 있었는데 꿈은 커리어우먼이었고. 뭔가 가정에 대한 기대는 별로 없고 그 대신에 사회적으로 인정받고 싶은 건 있었던 것 같아요. 제가 그렇게 뛰어난 사람은 아니었기 때문에 사회적으로 기대하는 것이 그렇게 크진 않았어요. 그리고 다른 사람이 나한테 뭔가를 강요하는 걸 어렸을 때부터 너무 싫어했기 때문에 어른들이 저한테는 별로 기대가 없었어요. 그런데도 사회적으로 인정받지 못하면 안 된다는 불안감이 있었던 것 같아요.

대학에서는 주된 커뮤니티 공간이 교회였기 때문에 자연스럽게 기독교인 마인드였어요. 그런데 학교를 졸업할 땐 여성주의자로 졸업을 했죠, 두 개가 공존하지 못

하고(웃음). 뒤늦게 삼사 학년 때 그런 정체성이 생겼기 때문에 여성운동을 하는 단체에 가거나 여성학 공부를 하고 싶은 생각은 있었어요. 하지만 그때는 여성학과 경쟁이 치열했던 때라 '공부를 해야지'만 하다가 그냥 취직했죠. 취직을 할 때도 대기업에 갈 생각 자체를 안 했어요. 그러고 나서는 작은 회사나 작은 여성단체를 왔다 갔다 하면서 계속 여성단체 활동을 하고 그랬는데. 어느 순간까지는 그래도 제가 해온 일들의 의미를 적을 수 있었어요. 이때는 내가 잘 지냈구나, 여겨지는 순간이 있었어요. 그 시기는 그랬더라고요. 신문사에 다니고 결혼을 하고 아이를 낳고 다시 여성단체에 가고 하던 시기까지는 그랬는데….

최근에 다시 '줌마네' 오기 전 7년 정도 직장 생활을 했거든요. 한 5년은 기획사. 홍보물 제작하고 사보나 브로슈어, 리플릿 같은 홍보물 제작하는 기획사에서 진짜 빡세게 택시 타고 퇴근하면서 일했는데 그 기억을 쓰는 게 되게 괴로웠어요. '내가 이 시기를 왜 버텼지?'란 생각이 들고 스스로의 상태가 어떤지를 감지하기 어려울 만큼 안 좋았다는 걸 알았고. 그런 느낌을 받은 지는 최근

한 이삼 년? 그러니까 5년을 그렇게 보내고 5년에 걸쳐 그때 제 상태를 깨달아가고 있는 거죠. 이번에 일 경험을 적으면서 그게 더 분명해졌고요. 그런데 그 시기를 어떻게 말해야 할지…나를 구성하는 일들의 역사에 분명히 의미는 있겠죠.

'갑질'도 처음 당해봤고 참다못해 사장한테 눈으로 레이저를 쏴서 사과를 한 적도 있고요. 사장이 술자리에서 한 말에 너무 화가 나서 나도 모르게 눈에 힘 좀 주고 쳐다본 것뿐인데. 지금도 사과하지 말걸, 하는 생각이 드네요. 아무튼 그 시기에 대해 뭐라 기술할 수가 없더라고요. 그러니까 저의 일들의 역사를 구성하기 위해서는 이 5년간의 경험이 내 삶에서 어떤 의미가 있었는지를 기술해야 이야기가 연결될 텐데 그 순간에 끊겼구나, 그런 생각을 좀 했어요.

몸이 너무 안 좋고 여름에 힘들어서 요가를 시작했는데 요가를 하는 순간만은 진짜 살아 있다고 느껴요. 제일 좋은 건 그 순간 제가 뭘 하고 있는지가 분명히 느껴진다는 거예요. 어떤 자세를 취하면 그 자세가 맞는지 한번 보라고 하잖아요. 자신을 바라볼 시간을 한번

주더라고요. 호흡을 제대로 하고 있는지, 괜히 힘을 준 부분은 없는지. 땀이 엄청 많이 나는데 그럼에도 불구하고 내가 무얼 하는지가 분명한 거예요, 그 한 시간은. 그냥 내가 몸으로 느끼는 거죠. 앞으로 뭐가 될지 모르겠지만 내가 하는 일이 그냥 붕 떠 있는 게 아니라 이렇게 몸으로 체감할 수 있는 것이어야겠다, 그런 생각을 하고 있어요.

영희의 기록

,

76년 서울 출생. 초등학교 시절 늘 양말을 빨았음. 자기관리가 철저한 아이였다고 할까?

단추 만들기, 졸업식 꽃 장사 등 집안의 부업에 열심히 참여. 몇 개 만들었는지 잘 세서 할머니께 칭찬을 받았다.

고등학교 때 사진 반장으로서 학교 100주년 축제 기념 대형 사진전을 준비했다.

무리 없이 잘 해냈지만 팀 작업임에도 아이들과 친하지는 않았고 별다른 희열이나 보람이 없었다. 아직까지 미스터리.

95년 대학 입학 후 유럽 배낭여행이라는 거대한 프로젝트를 향해 맹렬히 알바.

도서관 서고 정리, 자판기 재료 채우기, 매점 계산원, 레스토랑 주방보조, 과외, 논술 채점, 보험설계사 시험 등. 시간에 쫓겨 밥을 굶거나 매점 매니저가 끝나는 시간에 일 시켜서 분노한 것 외에는 즐거운 경험이었다.

목표가 있고, 일 자체에 몰입했고, 단순했고, 다른 걱정이 없었고, 친구가 있었기 때문에.

<두입술>, 여성주의라는 사고 방식과 행동 방식에 대한 공부 외에 나를 표현하기 위한 최초의 활동.
주제를 논하고 글을 쓰고 잡지를 만드는 일. 내가 페미니스트가 된 건 엄마의 삶 때문이지 나 때문이 아니었다.

교환 학생을 가고 싶었고 돈이 필요해서 다단계에 발을 들여놓았다가 모두에게 미안하다고 해야 했다.
아무리 생각해도 난 나에게 잘못했을 뿐 남에게 잘못한 것은 없었는데. 억울하고 서러워서 화장실에서 울었다. 돈 버는 것이 이런 거라는 걸 처음 알았다. 누구에게도 하소연하기 어렵고 내가 온전히 감당해야 하는 것.

2000년 졸업 후 기억으로는 20통이 넘는 입사원서를 썼지만 취직이 되지 않았다. 같은 과 남자애들은 다 취직이 되었다. 여자가 취직이 안 되는 건 이제 나의 일이 되었다.

약간의 포기, 약간의 호기, 약간의 기대를 가지고 '언니네'를 만들었다. 전반적으로 재미 있었고 종종 무기력하고 무의식적으로는 불안했다. 돈을 벌 수 없었기 때문에.
월 20만 원의 활동비가 주어졌고 둘째 딸에게 기대가 컸던 아빠의 엄청난 압박을 견뎌야 했다. 그때 내가 읽어야 했던 것, 생각해보고 싶은 것, 말하고 싶은 것을 다 했고 만나고 싶은 사람을 다 만났다. 평화롭고 고요하게 흘러간 시간이었지만 꽉 차 있었다.

돈을 벌 수 없었기에 마지막 순간이 결국 왔고 그만두는 결단은 어렵지 않았던 것 같다. 기억의 조작일지도 모르지만.

어떻게 해야 나는, 여자들은 혼자 힘으로 돈을 벌어 먹고살 수 있을까? 노동의 세계를 잘 알고 싶었고, 그래서 자격증을 따기로 했다. 낯선 세계로 들어갈 때 자격증 공부는 유용할 수 있다.

굉장히 절박한 마음, 이러다가 내 입에 풀칠도 못 하고 직업도 없는 '반푼이'가 될지도 모른다는 두려움으로 25살에 새로운 직업의 세계를 탐색했고 좋은 선배를 만났다. 나에게 필요한 것을 성실히 고민하고 외부의 도움을 잘 찾는 것도 굉장히 중요한 능력이다. 그 덕에 나는 시험 준비 기간을 최대한 줄이고 돈을 벌 수 있게 되었다.

노무사는 노동자의 노동 문제를 해결하고 권리를 찾게 도와주고 사건의 진실을 밝히고 평가하고 사장에게 노동 조직과 문제 해결 방법을 조언하는 일을 한다. 재미 있지만 스트레스가 많은 일이다.

단가가 낮아 하는 일에 비해 돈을 많이 벌지 못한다고들 한다. 장시간 근로, 스트레스에 취약하기 때문에 시간을 갖고 싶어서, 덜 일하고 덜 먹고 건강하게 살고 싶어서, NGO로 직장을 옮겼다.

8년 가까이 일했다. 처음에는 돈 생각 안하고 시간 제한 없이 제대로 상담해서 도움이 될 수 있고, 관심 있는 분야의 연구를 할 수 있어서 정말 좋았다. 행복하기도 했던 것 같다.

지금은 그런 것에 물렸고 지쳤다. 지친 이 상태에 대해 이래도 되나, 라는 약간의 자책감과 NGO 운영과 근래의 비전과 내 노동이 또 어떤 방향으로 가야 하는지 고민하고 있다.

루후나의 기록

;

24세~	취업 준비를 전혀 하지 않은 상태에서 대학을 졸업하고, 큰 고민 없이 시험공부 시작함	
26세~	세계가 무너지는 경험. 사는 게 의미 없단 생각. 우울감이 지속되면서 심신의 활력이 없어짐. 무슨 일이든 하고 싶은 마음 자체가 완전히 죽어버림	상실과 애도
29세~	혼자서만 지내다 병이 깊어짐. 본가로 복귀. 기운을 차리고 공부 재개, 그러나 연이은 실패. 삶의 대차대조표를 그려보며 이번 생은 망했다는 걸 깨달음. 하지만 그걸 인정하고 나니 도리어 명랑 쾌활해짐	회복의 시기, 자기 형성의 근간

33세	이기적이다 싶을 만큼 좋아하는 일에만 몰두. 두근거리고 설레는 소중한 감정을 잊지 않기로 함	일사분면
34세~	소비와 축적의 최소한의 기준을 설정함. 배타적인 친밀성의 영역 구축함	삼사분면 사사분면
36세~	가족과 친구 외의 사람들과 함께하는, '사회'라는 차원이 있다는 걸 발견. 그리고 그 영역 에서의 활동들이 내 신경계에 건강한 자극을 준다는 걸 깨달음	이사분면
현재	여전히 내가 취약한 '사회영역'을 탐구 중. 삶을 조건 짓는 좌표평면을 수시로 살펴보며 그릇에 비해 부족하거나 넘치게 움직이는 건 아닌지 의식하며…	

사회영역 탐구생활

루후나

전 사실 일 경험이라고 해봐야 딱히 없어서 뭘 써야 하나 고민하다가 지난 십여 년의 시간을 정리하고 있었어요. 대학 졸업 후 세상 밖으로 나오기까지 꽤 긴 공백이 있어서 내가 그때 뭘 했는지 한번쯤은 정리해야만 할 것 같더라고요. 아직 다 쓰진 못했는데 혼자서라도 끝까지 쓰겠습니다.

**기억의 조각들로
자신의 연대기를 구성하시오**

의 기록

;

일하는 사람

루후나

캠프가 끝나고 일상으로 돌아온 지도 많은 시간이 지났다. 지금이라고 크게 달라진 건 없다. 왜 아니겠어. 나라는 인간은 이력서를 제대로 써본 적도 없고, 취업해본 적도 없고. 자격시험 공부라는 이름의 구직노동은 꽤 오래했지만 과외 두어 번을 제외하고는 아르바이트를 한적도 없다. 그럼에도 굶어 죽을 상황에 놓이진 않아서 별로 일할 의지도 없던 전형적인 룸펜인데. 지금 '디폴트' 역할은 전업주부이지만, 나는 이걸 '일'이라고 생각하진 않았다. 뭐, 세상도 그렇게 생각하고 있는 것 같다. 참, 작년부터는 '줌마네'에서 뭔가 꼼지락대고 있으니까 때때로 일을 하고 있는 것처럼 느껴지기도 한다.

그런데 정말 '일'을 하고 있는 건 맞나? 1인분 몫은 하고 있나? 이렇게 게으르고 무기력하고, 남들처럼 빡세게 일한 경험도 없고, 앞으로도 그럴 계획이 없는 나. 그런 내가 '일'에 대해서 말할 자격이 있을까. 캠프에서 만났던 여자들의 치열하게 살아온 이야기들을 떠올릴 때면 그 자리에 나도 같이 있었다는 게 왠지 송구스럽기까지 하다.

잠깐, 방금 '치열하게'라는 단어를 쓴 거야? 지금도 나는 '치열하게', '빡세게'라는 표현을 쓰며 나는 그러지 못했다고 자책한다. 누군가는 그것을 산업화 시대의 유물인 근면성실 신화의 흔적일 거라 했다. 하긴, 나 역시 20대 후반까지는 '하면 된다'라는 주술에 갇혀 살긴 했다. 생각해보면 여태 '하면 된다'의 목적어를 찾지 못해 괴로웠던 것 같다. 큰 고민 없이 학교를 졸업하고 수험 생활을 하다가 그만뒀을 때 뭘 해야 할지 알 수 없어서 한참을 방황했다. '목적어의 부재-진공 상태'를 견딜 수 없었던 몇몇 친구들은 또 다른 도피처를 찾아 떠났다. 대학원, 유학, 이민 그리고 결혼. 나도 몇 년을 버티다가 더는 안 되겠다 싶을 쯤에 슬그머니 '바퀴족'그래픽 노블《카페 림보》에 나오는, 살아가는 기계로 전락한 존재이 되었으니까. '순결한 백수' 운운하며 너스레를 떠는 건 실은 내가 처한 이 어쩔 수 없는 상황을 애써 쿨한 태도로 포장하는 것에 지나지 않았다.

우울한 생각을 잠시 접고 새해를 맞아 다이어리 속지를 바꾸면서 작년에 쓰던 다이어리를 들춰보았다. '1월부터 참 많은 일들이 있었네.' 한 장씩 넘겨보다 그만 실소가 나왔다. '잠깐, 나 작년에 꽤 많은 일을 했네?' 어느 달에는 얼마나 바빴던지 일정 정리조차 못 했다. 게다가 집안 꼴을 보라고! 취미 생활로 집안일을 한다고 입버릇처럼 말했지만, 한동안 신경을 못 쓰는 사이 먼지가 수북하게 쌓인 바닥을 보니 새삼 내가 해온 가사노동의 양이 만만치 않음을 알게 되었다.

여태껏 필사적으로 부인했지만, 결국 나 역시 일하는 사람이었다. 도대체 이 명제를 받아들이기까지 얼마나 시간이 걸린 걸까. 불현듯 꽃바람이 캠프에서 했던 말이 생각난다. '줌마네'나 '동화읽는어른모임'에서 했던 문화기획 활동들이 10년 가까이 되는데도 정작 이를 자신의 커리어로 받아들인 지는 몇 년 안 된다는…. 참 이상한 고집이었다. 도대체 난 왜 내가 해온 일들을 '일'로 여기지 않았던 걸까? 결국, 괜한 허세가 아니었을까? 내가 하고 있는 이 엄연한 '일'들을 일이 아니라 우긴 것은, 어쩌면 좀 더 근사하고 사회적으로도 인정받는 일만이 진짜 '일'이고 그렇지 못한 것들은 취미 생활이나 '잡일' 혹은 그냥 지나가는 과정일 뿐이라고, 그렇게 세상의 관념을 내재화했기 때문이지 않을까?

마지못해 인정하긴 했지만, 내가 해온 것들을 일로 받아들이게 되자 여러 가지 의문들이 물밀듯 덮쳐왔다. 세상이 규정하는 일이라는 게 뭔지, 꼭 돈을 벌어야만 '일'인지, 경제적 가치로 환산되지 않는 시간들은 그저 무의미한 삽질인 건지, 그럼 나는 밥만 축내는 잉여인간인지, 도대체 일을 왜 해야 하는지, 무슨 일을 어느 정도로 해야 할지, 어떻게 인간적으로 일하고도 먹고살 수 있는지, 이런 식으로 계속 생존할 수 있을지… 이런 질문들이 비로소 진짜 '나의 질문'이 되었다. 다 끝냈다고 생각했는데 나의 캠프는 이제부터 시작인 모양이다.

나를 구성해온 일들의 기록

줌마네

오솔 '줌마네'가 이 작업을 한 지 벌써 3년이 넘었네요.

짱아 예, 2017년에 1박2일 캠프를 진행한 게 시작이었어
요. 캠프 제목이 〈인간적인 돈벌이가 가능할까?-나를
구성해온 일들의 기록〉이었고 당시 20대부터 50대까지,
스무 명의 여자들이 홍성 오누이센터에 머물면서 진짜
많은 이야기를 나눴어요. 각자의 일 경험을 여러 키워드
로 떠올려 보고 사이사이에 계속 기록을 했죠. 그 경험
이 다음 해 '자기기록 워크숍'으로 이어진 거고요.

하리 두 번째 해에는 〈줌마네 자기기록 워크숍-나를 구
성해온 일들의 기록〉이라는 제목으로 참가자를 모집했

는데, 14명이 신청을 했어요. 전업주부부터 싱어송라이터까지 진짜 다양한 분들이었고요. 이때는 봄부터 가을까지 매주 한 번씩 만나서 자신의 일 경험을 쓰고 각자의 책을 한 권씩 냈어요. 일을 주제로 한 영상 작업도 함께했죠. 신기한 건 워크숍 중에 꽤 여러 사람이 실제로 재취업이나 복직을 했고, 오랜 시간 미뤄왔던 첫 번째 정규앨범을 내기도 했어요.

짱아 맞아요. 그 두 번의 경험이 바탕이 돼서 작년엔 좀 더 많은 사람들이 참여할 수 있는 형태의 〈일 경험 기록 워크숍〉이 만들어질 수 있었죠.. 서울에서는 사오십 대 분들 5명과 소그룹 워크숍을 함께했고, 이삼십 대 여성들을 위한 하루짜리 워크숍을 열기도 했어요.

오보 네, 이삼십 대 분들과 한 워크숍은 〈이력서를 쓰는 밤〉이라는 제목이었어요. 실제로 토요일 저녁에 했는데, 스무 명이 좀 넘게 와주셨어요.

짱아 서울 지역과 더불어서 지역의 여성단체들, 모임들과 함께 '대안 이력서' 쓰기도 했는데 광주, 정선, 익산, 거창 4개 지역을 직접 찾아가서 했어요. 동네에서 여러 활동을 하시는 분들부터 청소년 미디어 강사들, 가정폭

력 이후의 삶을 위해 쉼터에 머물렀던 분들과 함께했어요. 이렇게 2017년부터 3년간 워크숍을 하면서 그 기록들을 모두 아카이빙 했는데, 10대에서 70대까지 여자들의 일 경험 연대기 약 100개가 모였더라고요.

오솔 이런 과정을 다들 함께했는데 어땠어요? 돌아가면서 얘기해볼까요?

짱아 여러 지역을 찾아가 작업하면서 여자들의 일에 대한 그림이 확장된 것 같아요. 연대기 안에 삶의 경로들이 담겨 있잖아요. 대도시에서의 삶과 도시 밖에서의 삶이 굉장히 다른 게 보이더라고요. 우리가 굉장히 좁게 봤구나. 다 나와 비슷하겠지 생각하지만 아니구나. 저보다 나이가 어린데, 어린 시절 아궁이에 불 때는 일로 시작하는 연대기도 있고요. 같은 사오십 대여도 전혀 다른 삶을 살아온 게 보여요.

거창 쪽 연대기에는 '농협에 취업'이 종종 등장해요. 딸은 농협에 취업하면 최고다, 생각하던 시절이 있었던 것 같아요. 저는 앞으로 다른 어디든 이 작업을 할머니들과 하면 또 다른 게 있겠구나, 하는 생각이 들었어요.

오솔 궁금하죠. 과거 회상도 궁금하지만 지금 70대 이상, 팔구십 노인들의 삶의 연대기. 사실 아무 일도 안 하는 죽음 대기조처럼 사람들은 생각하지만, 이미 노인으로 이삼십 년을 살아오신 거잖아요. 그 경험들을 기록하는 것도 중요할 것 같아요. 의미화할 수도 있고 어떤 부분이 문제인지를 볼 수도 있겠죠.

하리 보통 70대 이상 여성들은 사회적으로 돈 버는 일은 거의 안 했을 거 같잖아요. 시골에 사는 70대 여성, 하면 밭일하는 할머니가 생각나고요.

오솔 맞아요. 아니면 앉아서 고추 다듬고 이런 것만 생각하죠.

하리 그런데 전혀 그렇지 않고, 무슨 단체 회장님에 부동산 일하고 그러시잖아요. 여자들의 일이라는 것에 대한 상상력이 없었던 것 같아요. 전국 장터를 돌아다니는 방물장사, 이런 것들은 정말 머릿속에 그림이 없는 거죠. 장터라면 아저씨를 생각하지, 여자들은 생각 안 하잖아요. 이번 워크숍을 통해 지역 여자들의 커뮤니티와 역동성이 보통의 고정관념과는 다른 걸 확인했어요.

오보 저는 이 책 독자 입장에서 얘기를 하면, 이상하게 별거 없는데 위로가 되는 것 같아요. 세대가 다양하지만 특히 저보다 나이가 많은 분들의 이력서가 많이 들어가 있잖아요. 읽다 보면 위로가 돼요. 캠프에서 참여했을 때는 "나 왜 이렇게 열심히 안 살았지, 내가 한 게 뭐지?"라고 자책하는 게 더 컸는데, 시간이 지나고 다시 보니까 다른 것 같아요.

그런데, 이걸 기록으로 묶지 않았다면 잘 몰랐을 것 같아요. 왜냐하면 저도 20대 때는 어떻게든 해보려고 공부도 하고 나를 위한 글도 써보고 했는데, 그게 기록이나 결과물로 안 나왔을 때 지나고 보면 뭐했지? 아무것도 안 한 느낌이거든요. 그런데 이렇게 모아서 책으로 묶으면 그냥 어떻게든 한번씩 보게 되고 힘이 될 것 같아요.

짱아 저도 비슷한 걸 느꼈는데요. 마음이 짠하면서도 이상하게 든든하더라고요. 다들 고군분투하며 자기 삶을 꾸려가고 있구나. 근데 잘 살아가고 있구나. 나도 좀 더 잘 살아야겠다. 그런 생각이 들더라고요.

하리 작년에 서울 지역에서 진행한 일 경험 연대기도 아카이빙을 했잖아요. 그때도 비슷한 생각을 했어요. 이력서에 우울증, 우울증 극복, 또 다시 우울증 이런 내용들이 많았어요. 그런데 이게 혼자만의 얘기가 아니라 거기서 오는 위로가 있어요. 이 세상을 살아가는 것이 이렇구나. 감기 온 것처럼 오면 '왔나 보다.' 하고 털어내고 살아가다 '아 또 왔네?' 이런 느낌으로요.

오솔 거창에서 프로그램을 할 때 지역 행사 때 플라스틱 안 쓰기를 실행하셨던 걸 계속 얘기하시는 거예요. 최근에 가장 많이 한 일이 쓰레기 분리수거라며, 그 일 자체에 아주 몰입해서 진짜 열심히 하시더라고요. 쉬는 시간에 뒷마당에서 감도 따고 그런 얘기를 들으니까 나도 모르게 마음이 참 편안해졌던 것 같아요. 그리고 그 중간중간에 진짜 깊은 우울증과 회복하기 힘들 것 같은 위기에 있는 사람들이 점처럼 박혀 있고, 서로가 서로를 '케어'하고 있는 거 같아요.

사실 우리만 해도 미친 듯이 돈벌이만 생각하며 사는 게 아님에도 살다 보면 성과나 이런 것들에 무심할 수 없잖아요. '욕심부리고 살지 말아야지.' 하면서도 '난 왜 이 고생이지, 나도 좀 내 것을 챙겨야 하는 것 아니야?' 이런 생각이 가끔 드는데, 그런 것들에 대해서 다시 중심을 잡게 해주는 것 같아요. 작은 공동체 안에서 나름 누구를 돌보고 자기를 지키고 사는 모습들을 보니까.

무엇보다 이거를 잘 했다는 생각이 드는 게 참여한 사람들이 힘을 찾아가는 게 눈에 보여요. 별거 아닌 것 같은데 자기 삶을 의미화하는데 도움이 되는구나. 이런 생각이 분명히 들었어요. 사실 처음에는 좀 고생을 했죠. 취업을 위한 이력서를 써도 며칠 고민해서 하잖아요. 이건 인생사를 끌어와서 연대기를 쓰는 건데 짧은 시간 동안 모여서 하는 게 쉬운 일은 아니구나. 어쨌든 참가자 분들이 중간에 도망 안 가고 써준 게 고마워요.

하리 지난번 서울 편 북토크 때 어떤 분이 애 넷 낳고 일 그만두고 쉬면서 우울하고 아무것도 안하는 것 같았는데, 이거 쓰다 보니까 그때 자신이 너무 많은 것을 하고 있었다는 걸 알았다고 했잖아요. 그런 것들을 조금씩 확인할 수 있어서 좋은 것 같아요.

짱아 그게 누가 "아무것도 안 한 게 아니에요. 많은 걸 했어요."라고 말해준다고 마음에 와 닿지는 않거든요. 자기가 직접 쓰면서 스스로 받아들이는 게 있는 거죠.

하리 저는 연대기 형식이 참 좋았어요. 에세이 형식은 글쓰기 훈련이 되어 있지 않으면 쓰기 어렵잖아요. 기승전결이 필요하고 나의 경험 외에 문장력이 필요한 부분이 분명 있어요. 완성하기도 힘들고요. 그런데 연대기는 메모를 이어가는 거잖아요. 생각나는 대로 쓸 수 있고. 그래서 좀 더 자유롭고 누구나 할 수 있어요.

오솔 그리고 에세이는 스스로 자기 삶에 의미 부여를 하고 가치 평가가 들어가거든요. 기분이 좋을 때는 성공 서사, 상태 안 좋을 때는 실패한 좌절 서사. 각종 미사여구 다 붙이잖아요. 연대기는 그렇지 않아서 어떤 힘이 있어요. 보는 사람이 행간을 읽을 수 있고 자기가 경험한 만큼 읽을 수 있는 글이에요. 그래서 더 재미있는 것 같아요.

하리 지금 시대에 더 맞는 것 같아요. 어쨌든 텍스트가 짧고. 긴 만연체의 에세이를 꺼리는 시대이고. 에세이를 쓰는 사람은 열심히 쓰지만 결국 본인만 볼 수 있는 글이 될 수도 있고요. 에세이보다 훨씬 더 다양한 세대, 계층들을 어우를 수 있는 형식인 것 같아요.

짱아 형식이 내용을 좌우한다는 말이 정말 맞아요. 쓰는 데 익숙한 분들은 연대기 중간중간에 에세이처럼 적었지만 어느 선을 넘지 않는 것 같고, 메모식 연대기인데도 거기에 그 사람의 표현이나 색깔이 담겨 있어요. 연세가 있는 경우에 더 그런 것 같아요. 평소에 잘 쓰는 표현들이 담기더라고요. '세월이 훌쩍' 이런 거.

하리 이렇게 간단한 방식이어야 많은 사람이 해볼 수 있는 도구가 될 것 같고, 이런 식으로 일종의 '대안 이력서'를 좀 더 퍼트리면 가치를 지향하는 회사들이 직원 뽑을 때 도입해 갈 수도 있지 않을까? 그런 생각도 들고요.

프로그램에 참여한 한 친구가 취업을 하게 되면 이런 자신의 활동, 이런 이력서를 읽어주고 받아줄 수 있는 데서 일하고 싶다고 썼더라고요. 그것도 맞는 것 같아요. 서로를 확인할 수 있는 장치가 될 수도 있겠다 싶어요. 이력서를 내는 쪽이나 받는 쪽이나 이런 방식이 통하는 장이 있을 것 같아요.

짱아 어느 한 순간, 한 시기에 쓴 연대기라는 점도 좋아요. 어쨌든 삶은 계속되는 과정이고 시기마다 자신의 시선이 달라지는 것도 흥미롭고요.

하리 기록을 남기는 건 중요한 것 같아요. 같이 모여서 얘기할 때의 힘도 있지만 그 순간이 끝나면 사라져서 뭔가 되게 좋았는데 그게 뭐였는지도 가물가물하고 모래처럼 흩어져요. 뭔가를 했는데 한 게 없는 것 같은 여성들의 일 경험과 아주 비슷한 부분이 있어요.

오솔 재밌네요. 여자들은 밥을 짓고 불을 때고 뭘 하는데 늘 그 자리에서 사라지잖아요. 밥은 먹으면 사라지고, 청소는 금방 다시 더러워지고 여자들이 만들어내는 이야기와 온기도 그런 것 같아요. 분명히 위로의 힘을 주는데 그게 한순간 사악 사라지고. 물론 여자들은 또 그걸 만들어내고, 그렇게 반복되죠.

아까 얘기한 것처럼 어떤 이야기를 한다는 것은 그것을 읽어낼 수 있는 인문학적인 지식과 오랜 쓰기 연습이 필요한데, 이것도 자원이잖아요. 그럴 여유가 있어서 훈련이 된 거니까. 거기에도 계급성 같은 게 드러나거든요. 나이 많고 배움이 많지 않은 사람은 자기 삶에 의미화를 못 하는 거죠. 그런 면에서 일 경험 연대기는 누구나 쉽게 접근할 수 있고 자신의 이야기를 하는 방식으로 좋은 것 같아요.

루후나 '일'이라는 키워드도 중요한 것 같아요. 그냥 자기 얘기해봐, 이러면 항상 하는 이야기들만 하잖아요.

오솔 맞아요. 자기 자랑 아니면 남이 자기를 괴롭혔던 고난 상황. 이런 거 얘기하거든. 관계사죠 관계사. 근데

일 중심으로 얘기하면 실질적인 이야기들이라서 좋아
요. 일은 사회적 가치와 같이 가는 부분이 크고 그 긴장
감 속에서 그 사람이 누군지 더 잘 알게 되는 것 같고요.
짱아 또 연대기를 쓸 때 같이 쓰는 것도 좋은 것 같아요.
같이 쓰면 다르게 나오는 이야기들이 있어요.

오솔 우리가 이 작업을 한 지가 벌써 3년째잖아요. 올해
는 지역으로 가서 좀 더 다양한 분들을 만났고요. 그런
데 이걸 조금 더 넓혀갈 필요가 있는 것 같아요. 이제 시
작이고 템플릿 개발도 되고 있고요. 작은 서점이나 지역
의 작은 공동체나 모임 위주로 워크숍을 하면 좋겠다 싶
어요.

　서울도 지역마다 차이가 큰데, 이런 프로그램에서 약
간 소외된 지역들이 있잖아요. 그런 곳도 찾아가고 할머
니들과도 해보고, 우리 가까이에 있는 시장 상인분들과
도 하면 어떨까 싶어요.

하리 어쨌든 처음에 우리가 생각했던 여자들의 일 경험
을 끌어내고 재해석하는 것으로서는 확실히 의미 있는
작업이라는 생각이 들어요.

오솔 가시화되지 않은 많은 '비임금'의 노동을 여자들

이 하고 있다고만 하죠. 이것도 짧은 시간 내에 느슨하게 기록된 거예요. 훨씬 더 많이 했어요. 그런데 그런 일은 일로 생각 안 하죠. 월급 얼마, 연봉 얼마, 직위가 있고 이런 것만 일로 생각하니까요.

루후나 구체적인 인생 경험을 지니고 계신 분들의 글에서만 느껴지는 힘이 있어요. 그래서 읽다 보면 '난 어떻게 살아야 할까?' 생각하게 돼요.

쓸_만한_일
나를 구성해온 일들의 기록
©줌마네 2020

엮은이	줌마네
펴낸곳	지식의편집
편집	김희선
디자인	손현주
등록	제2020-000012호(2020년 4월 10일)
주소	서울 강북구 삼양로 640-6
이메일	Jisikedit@gmail.com
전화	070-7538-3443
1판 1쇄 펴냄	2020년 12월 15일
ISBN	979-11-970405-1-1 03800